这世界有太多
不合逻辑的事

老猫◎著

北京联合出版公司
Beijing United Publishing Co.,Ltd.

图书在版编目（CIP）数据

这世界有太多不合逻辑的事 / 老猫著. —北京：北京联合出版公司，2017.6

ISBN 978-7-5596-0423-1

Ⅰ. ①这… Ⅱ. ①老… Ⅲ. ①散文集－中国－当代 Ⅳ. ①I267

中国版本图书馆CIP数据核字（2017）第108348号

这世界有太多不合逻辑的事

作　　者：老　猫
选题策划：北京凤凰壹力文化发展有限公司
责任编辑：宋延涛
特约编辑：周正朗
封面设计：Metis 灵动视线 TEL:010-85983452
版式设计：文明娟

北京联合出版公司出版
（北京市西城区德外大街83号楼9层　100088）
三河市冀华印务有限公司　新华书店经销
字数125千字　960毫米×640毫米　1/16　印张14
2017年6月第1版　2017年6月第1次印刷
ISBN 978-7-5596-0423-1
定价：32.00元

目 录

见

闻

见

扫码分享电子版

在张家口买下一套房子

我弟弟是个神奇的人。前几年他手里没钱的时候，非要买车。当时家里人都不太赞成，可他硬是强努着把车买了下来。汽车买后几个月，北京的车限购了。

2015 年，他又想买房子了。依旧是缺钱，于是到张家口的下花园区买了房子，四千多元一平米，买了一套一百平米的房，总价四十多万元，相当于二十年前北京望京的房价。签合同付定金后两个月，北京的冬奥会申办下来了。据说四年后将有一条城铁从他家小区门口经过，直通北京。

所以说他是个神奇的人，总有种直觉能抢到头里。回想起来，中国唯一能制住他的应该只有股市了吧，他就股市没赢过，之后不玩了。

下花园是什么地方？沿着八达岭高速路出居庸关、八达岭，过东花园和官厅水库，就到了。它离北京市区大约 150 公里，开车得两小时以上，处于北京市和张家口市的中间。上周和我弟弟一起去了一趟，我俩一算，来回的高速过路费是 110 元，加上油钱，成本大约 300 元。一年要跑个十几趟，相当于花掉一平米的房子。

所以，至少在城铁通车前来看，张家口的房子还不适合通勤族，只适合休闲、养老、度假的人。事实上，我弟弟目前也不打算自己去住，而是准备让年迈的父母住过去。毕竟那里安静，空气新鲜，而且还有湿地与山。

说到空气，也够让人叹服的。出发那天，北京正好有很重的雾霾，一路都昏沉沉的。到了居庸关、八达岭一带，高速路竟然涌上一片片的雾，开车打雾灯，还得非常小心。可一旦走过这段路，就像穿破了一层幕布一样，豁然开朗，天空湛蓝如洗。所谓两重天，大概就是这个意思吧。有一次我坐飞机回北京，看到城市上空就像罩了一个圆柱形的灰色罩子。我想，这是冲出罩子了。

下花园属于古幽州，一到这里，容易让人想起石敬瑭、杨家将、萧太后，以及土木堡、也先、瓦剌、詹天佑这些词儿来。当地传说，下花园这个地名，就是萧太后给起的，因为这里的确有她的几个花园。

现在官厅到下花园这段绵延十几公里的路上，遍布风力发电的大风车。有一年冬天北京严重雾霾，我在网上开玩笑，说应该众筹，在张家口架起一排巨型电扇，照着北京吹。没想到，这东西已经林立于此了。

因为风景好，所以感觉并没有跑很长时间。到达楼盘的时候，觉得楼的外观很漂亮，甚至比北京郊区的某些新楼盘都要漂亮。

在小区里溜达的时候，见到了一些看房的人，跟他们聊了聊，大致知道，在下花园买房子的人，一部分是北京来的，居住者以老人为多，大多是退休了，与世无争，到这里来寻个养老之地，所以网上有人评价，下花园的楼盘大多像养老产业。但这话也有偏颇，因为还有一批人来自河北、东北、天津，买下这个地方的房子，离北京近了一大步。至少奥运会一开，城铁一通，有一种和北京连成一体的虚幻感。我看了看宣传资料，据说从这里坐城铁进北京，大概只需要 27 分钟。拿不准是不是吹牛，但比开车快许多是肯定的。

我想了想我的同学和朋友们，都是四十多往五十岁上走的人，他们的房产分布情况是怎样的。其中有三四个人，嫁了老外入了外籍，有的事业成功了，在北京五环以内买了房，或在望京、京密路、顺义一线买了大房子，一千多万一栋的联排或独栋。还有一批人，占一半左右，在延庆、密云这样比较远的郊区买了别墅，价值三五百万，但因为仍要上班，还需要在城里保留一套相对小的房子。不愿离城太远的，有的选择了小产权的四合院，只要一二百万。至于大多数人，还蜗居于城市附近，守着个两居或三居。头两类人，应该不太为房子和养老操心了，而后面这个大头，估计还要继续纠结和计较下去。

下花园，还有官厅水库附近的楼盘与别墅，只不过是以奥运的名义，又多了一个宣传的噱头罢了。其实，它还有另外一个优势，就是不限购。我知道很多在市中心有小房子的，完全可以在远处换个大房，各种舒适。但他们不肯，理由就一个：这里的房要是卖掉，我们就再也回不来了。不想离开自己熟悉的家园，所以宁可枯守小房，让它占据一个购房的额度，也不愿意去买更舒适的郊区的房子。有了下花园这样的地方，矛盾恐怕就不存在了。

曾经有国外归来的朋友跟我说，外国人租房子住很普遍，租客也习惯把租来的房子当成自己的家。只不过，这个观念在中国显然很难被接受。在我们的观念里，有了房子，意味着在此地扎了根；没有房子，依旧是过客。所以，当年唐伯虎拼了命借钱也要建桃花庵，徐祯卿没借给他，两个人还闹了别扭。

像燕郊、涿州、固安和下花园这样的地方，是圆这样的梦的地方吗？扎根在北京周边（用开发商的话说是“大北京”），等于扎根在北京吗？安居乐业，这几个字说起来很容易，真正要做到，恐怕还是要付出相当大的代价，比如那遥远的距离，昂贵的高速过路费。在这里居住的人，恐怕还是有许多只差一步、很不甘心的心态吧？

更何况，不少人都老了。

当然，麻烦还不止于此。例如装修，就只能在当地为数不多的几家公司里选择，而且还要包工包料才可以获取折扣。想按照自己的方式来，或者稍微 DIY 一下，是很困难的，运输的成本很大。我父母现在还在设想，要把城里的旧家具甚至旧窗帘运过来，以减少入住新房的成本，殊不知这样比买新的还贵。另外，这里有商业街区，有看上去很不错的学校，也有医疗站，但如果真要在此扎根，恐怕还得做很多建设，还有很长的时间需要等待。

真的有那么一天，房价恐怕也不会是现在这个样。就好比望京，现在各种设施已经变得十分周全发达，可房价已经奔四五万而去了。

在京藏高速下花园出口，还有个不大不小的陷阱——这个出口旁边，就是休息区，但人生地不熟的看房人若想在出高速之前去上个厕所，就进了陷阱了，因为从休息区只能重新上高速，再跑上几十公里，从下一出口折返，而不能直接下高速。

“凡事无绝对。”我弟弟跟我说。他听人讲，只要给管理人员买两盒烟，就能放车出高速。他自己也这么干过一次。“想上厕所的话还是忍着去售楼处吧。”他说，“出口这个岔子一定看清楚，走右边。要是不慎走了左边，几十块钱就没了。不知道这么设计是不是故意的。”

我想，这是高速路上的一个漏洞。凡是刚开发起来的地方，可能都有这样的漏洞，透着丛林法则的土腥味儿。其实，高速路、房价，以及生活的种种艰难，不都是大漏洞么？那些上千万元一个的大风车，建得跟树林似的，真的有意义吗？能让周边的销售电价也降一降吗？

社会就是丛林，人生到处有坑，不管是在北京，还是在下花园。

租来的房子不是“家”

一些新闻总是让人目瞪口呆。比如 2015 年 3 月底一个租赁平台发布的《2015 北京租房生活报告》中说，北京的租房人有 700 万，占常住人口的三分之一。这个比例，已经赶上欧洲了。新华社 2014 年 11 月有份报道，说欧盟 28 国里，租房人占人口总数的 29.9%。而报告中说，在北京租房子的人中，有北京户籍的人最多，占到所有租房人口的 18%。

原来很多北京人自己也在租房子住。躬逢其盛，我也是其中之一，看来我不孤单。

我为什么要租房子住？这要从 2012 年说起。我十多年前在五环外买的房子，贷款还得差不多了，可是装修却旧了，我算了一下，重新装修要花不少钱，而且那个楼没有电梯，我养着猫，老呼哧带喘往楼上扛猫砂、猫粮，是个负担。于是，我决定卖掉这套房子，再贷点款，换套新的。其实，我早就瞄上了对面那个小区，叠拼房，我觉得很适合我。我是改善型刚需。

大家都知道，那阵子正是房价疯涨的时候，几乎一天一个价。那个时候买房卖房，十分刺激，就像是在刀尖上跳舞。我就差点撞枪口上。我正怀着住大宅的美好愿望折腾的时候，发现政府在调控房价，具体的做法是调高了评估价格，并且新增了一笔交易税。具体到我身上，如果想买那个叠拼，就得多交二十多万的税。本来我就钱紧，税一上来，我的贷款就得增加，这不等于贷款去交税吗？这事咱不能干。

但问题是，房子已经卖了，回头路已经断了。

情急之下，恰好一位办理财杂志的哥们儿请我吃小肥羊。行家总是有好主意，一顿羊肉下肚，前景豁然开朗。我听从了他的建议，麻溜去城里买了套小房子，保住手里的现金没贬值，然后把这房子租出去，回头用租金在郊区租了房子。瞧，我现在已经住在叠拼里了，那笔本来要多交的税费，等同于我四年的租金。

所以，我既当了房东，又当了房客。在租房这件事情上，看来我是比较有发言权了。

在得知我租房住了以后，一位在国外的朋友对我进行了表扬。他说，老外租房住很普遍，这是一种很好的生活方式。拎着包住进去之后，觉得这里就是自己的家。有的人一住就是一辈子。

听完这席话，我还真的仔细盘算了一下，我能不能把我租的房子当家。琢磨了半天，我还是觉得我不能，因为——举个例子吧，这个叠拼哪儿哪儿都好，但有个地方不好，那就是厨房和卫生间门对门。水火相对，在风水上来说是大凶之象，要是我自己的房子，我就把门改了。可这是人家的房子，我改不了。

说到厨房，也有吐槽的地方。这个厨房面积不小，可橱柜做得却很拮据，一个小洗手池，很窄的柜面，很多东西都放不下，以至于我这个勤于下厨的人，往往不知道油盐酱醋怎么摆放才合适，锅碗瓢盆堆得很狼狈。要是我自己的厨房，我肯定要进行翻天覆地的改造。

其他的小不适就更多了。例如有一天晚上，咣当一声，主卧卫生间门上的毛玻璃就掉下来了。天亮后仔细一瞧，是底下托着毛玻璃的楔子朽了。打电话找房东修，房东说，小修小补的，您能不能自己弄下，再说我们收的租金也不贵。当时我没多想就答应了。谁知道，工人在修理的时候，发现放置玻璃的木槽已经受潮变形，只换玻璃根本不行，必须换门，而最便宜的门，也得六七百元。

诸如此类的事情很多。回头想，我那租出去的小房也有诸多小毛病。比如，卫生间的一个地漏是漏水的，如果把洗衣机排水放在那里，楼下就会下雨。所以，每次都跟人家房客说，洗衣服的时候，直接排水到马桶里，千万别使那个地漏……还有，那间房子冬天的暖气不太热，找热力公司的人来查了，他们也没辙。据说原因是我们楼上某位住户长期不在家，房子空着，他怕暖气漏水，干脆就把闸关了。于是，楼下一连串的住户，暖气都不热，找了这位爷好几年了，还就找不到。为此，我就得少收租金，算一下，相当于又多交了一遍供暖费。

这些都是小细节，是能克服的困难。可这些细节都在不停地提醒你，租房只是权宜之计，早晚，你还得买属于自己的房子。

这就是在我们这儿租房面临的最大问题——缺乏标准化的要求，住房装修、使用物品要达到什么样的标准、出了问题由谁来负责，都没有细化，往往要靠双方协商。这一协商，就是个拖字。合同上会标明什么热水器、燃气灶不能用，但——依旧不够细致，仅仅是基本的安全要求。

这个状况，无论房东也好，房客也好，操心的事情都太多了。

好吧，现在来谈一谈标准化。据说现在有几个大佬在搞“租房革命”，包括万科退下来的王石、小米的雷军和链家的左晖。具体的做法是，租下一栋楼，或者干脆是废弃的厂房，经过设计、装修、包装，成为很时髦的公寓，然后租给年轻人住，他们还设立管家。管家的存在，估计就能解决许多合同里说不到的问题。介绍说，他们还经常组织租户们联谊，比如“圣诞睡衣趴”什么的，比较吸引人。只不过，这类公寓能满足的人群太狭窄，有的还规定40岁以上的不租、结婚带小孩的不租、不爱交友的不租，很有格调的样子，而且不在北京，根本不是我的菜。所以有人说所谓“革命”，还只是在萌芽阶段，连试点都算不上。我倒是希望，“革命”赶紧发展，覆盖面大一点，能搞出各个层次群体都能接受的产品，包括我这种养着四只猫还图清净的人。等到什么房子应对什么需求，什么人能享受什么服务，这把租来的房子当“家”，就快实现了。

租来的房子不能当“家”，还有一个重要因素，就是房东和房客之间，存在着深刻的隔膜。

这个隔膜从何而来，很难说清楚。长期以来，无论是文学、电影还是新闻报道，都习惯把房东描述成不劳而获且刁蛮无理的坏家伙——赵丹演的《乌鸦与麻雀》就是这样。媒体报道经常把房东描写成唯利是图、动辄涨房租、克扣押金，甚至性骚扰房客的坏家伙，有些人还在卫生间里装摄像头。总之，这样的描述让人对租房望而生畏。不就是说房东是不劳而获并且贪婪狡诈的剥削阶级吗？

有这样的坏房东吗？当然有，但绝对是少数。因为城市里的大多数房东，还都是劳动人民。

据新华社在2016年4月1日发的稿子，北京的租房价格是最高的，一套70平方米的房子，月租大约是4848元，相当于一平米69元，这应该是均价，三环内的还要更贵些，五环外的肯定不到。这给人造成房东们在牟取暴利的印象。

不过，房东可不这么想。租金高不是他们造成的，在这种房价水准上，他们的成本包括物业费、取暖费，当然还有其他——比如购置家具电器的费用，需要半年赚回，装修的费用，可能一两年才能赚回，购房缴纳的税费，可能四五年才能赚回。这还没有相关部门在租金的税收上较真，要是真较真了，恐怕价格还得上涨。更何况，还有许多房东，指望着租金还房贷、交学费……遇到房客晚交房费，还跟你急。如果按3万一平米的均价和目前的房租水准来看，收回70平米房子的成本，得三四十年。

图的是什么啊？谁没有改善自己生活的计划啊？说句实话，只要房子是合法得来的，就没毛病。

说这么多，就一个意思，“包租婆”们大多数也是老百姓。租房子这件事，本质上就是个交易，合法、公平就行。所以，不应该戴着有色眼镜来看房东。反正我在出租房子的时候，一见到双眼冒着怒火、带着阶级仇民族恨、把你当对手的，就直往后退。

2016年两会期间，发改委主任说过，现在我国租房的比例太低。空着的房子要去库存，卖着的房子要控制价格，想住房子的人得有房住。这都该逼着把租房产业使劲往前推。可要是都把房东当坏人看，那比例还怎么提高呢？

解决这个问题，最好的办法是把租房当做一个产业来做——房子交给中介打理，无论房东还是房客，都只和中介打交道，彼此之间可以见面，也可以不见面，中介收费，但要承担更多的责任，比如将房源进行梳理、装修，并推向不同的人群，监督交易。

不过话说着容易，要做到很难。现在房东和房客都还处在信不过中介的阶段，让中介大包大揽，还有好长的路要走。

把租来的房子当“家”，现在恐怕还不行。房子的质量标准还得再细，中介的服务还得再提高。不能让人觉得，租来的房子不是久留之地。还有一条，丈母娘们的观念立场都得转变——闹不好，得等到新一代丈母娘登场才行。

把好房搞砸的方式

有什么样的主人就有什么样的房子。

有一次我要租房，去看了一家，整洁得犹如刚收拾完的宾馆房间一样。看得出主人对房子的布置相当精细，包括桌布、沙发罩，都干干净净。房主是个厉害的老太太，我和中介一进去，就告诉我们，这里不能踩，那里不能踩，某间屋子要进去看，穿鞋罩还不行，得穿另外一双拖鞋……

我进了过度整洁的房子，压力立刻就大了，加上老太太如此精确的要求，登时有转身出去的冲动。我本身就不太修边幅，加上还养了猫，要是租了这房子，结局不是老太太疯，就是我疯。

几年以后，我在中介网站上查这个小区的房子，发现老太太的房子还在挂着要出租。也许是租客已经换了几拨了，也许是中介觉得这房子太精美，一直挂着当招牌？我没细究。总之，要是我找房子，我宁愿找那种只有基本装修，家具电器最好一样都没有、空空如也的房子。我可以背着自己的家当到处跑，包括我的猫，以及被猫挠得丝丝缕缕的老沙发。

也有正相反的。

那一段时间，看的房子比较多。印象比较深的，是在天通苑附近的一个小区，大概九几年建成的，联排。小区内的环境还是不错的，就是房子看上去有点旧。我和中介等了好一会儿，房主才匆匆赶来，他告诉我们，这个房子他已经多年不住了，所以……门锁很不容易打开。

尽管有思想准备，但进屋后我还是大吃一惊。屋子已经看不出原来的颜色了，无论是地板还是家具上，都布满了厚厚的尘土，厚到一步一个脚印的程度。阳光透过厚重的窗帘照射进来，使得屋子显得格外昏黄。开了灯，房主带我们参观了一下各个房间，很抱歉地对我说，你真要住，得找清洁工好好收拾一下，或者，我少收点房租吧。

房子的装修风格是典型的90年代风，到处都做了大芯板的家具，到处都是暗门、通道。最有意思的是在客厅里，竟然在四面墙布满了柜子，柜子中间凹下去一个长方形，里面放着大背投。我正在四处打量呢，房主突然走到背投旁边，伸手拉开一扇柜门，说："这里面是卫生间。"

我赶紧走过去，看看这大隐隐于市的厕所。里面非常狭小，仅仅容得下一个马桶和一个水盆，人也仅仅能转身，还得弯着腰。

我知道在十几年前是非常时兴这种暗门的，但一般都不会做在家里，而多设置在老板的办公室。暗门拉开，里面是间卧室，还有卫生间、洗漱间，甚至大浴缸，老板可以在里面休息、躲债或者……但在家中，费很大事搞出这样一个小卫生间来，确实让人琢磨不透。

也许，就是赶时髦，和往外墙上贴瓷砖一个道理？

以上，都还在可接受的范围之内。我遇到的最不能接受的事情，是在 2012 年下半年，房产价格飞涨的时候，我见到的一套房子。

那时候，中介极力向我推荐一个“把边联排”。一般来说，把边的联排都是比较好的房子，因为窗子更多，邻居会少，价格也就更高一些。不过，这个“把边联排”价格却低。在好奇心的驱使下，我真跟中介去看房了，一到房子跟前，我就傻了。

这是房子么？

去过圆明园吗？遗址是什么样，这房子就是什么样。周边杂草丛生，走到房子前很费力气。房子则被拆掉了一半，一楼门窗皆无，二楼只剩下半边，白色的内墙赤裸地暴露在外。仿佛这房子刚遭到过一场烧杀抢掠。难怪这么便宜。

中介告诉我说，房主买下这个房子后，觉得不太满意，然后决定拆掉，重建。拆到一半，房价开始疯涨。房主一想，重建已经不合算，直接卖掉才是王道。于是，直接把这半扇房子挂到了中介——合着谁买了这房子，还得拉队伍先把房子重新盖起来。

挺好的房子，就这么被糟蹋得不成样子。

有一阵子，对私搭乱建管得不是很严，尤其是在郊区的一些联排、独栋小区里，业主个个都很有钱的样子，物业也就睁一只眼闭一只眼了。不像现在的高档社区，连在窗框上刷漆物业都会干涉。我家附近有个小区，就私搭乱建得厉害。200 多平米的房子，能在花园中再多搭出几十平米来，犹如蔬菜大棚。这样，好好一个社区，变得跟大杂院似的。房子面积增加了，看上去是占了便宜，不过取暖就成问题了，于是又往新增的面积接暖气。可取暖费是按房本面积交的，多用了暖气，没多交费，供暖公司就赔得一塌糊涂，凭空又会生出许多矛盾来。

这些做法毁的不止是房子，还有整个社区，最后脱手的时候卖不上价，亏的还是自己。

回到房子装修这件事情来，大多数人有了房子，都是打算按照自己的想法装一把的。但问题随之而来，如果一个家里，有两个人都希望按照自己的审美标准来，该怎么办？即便是夫妻，意见不一致的也多了去了，为这种事情吵架翻脸的也不少。这实在是对双方审美差距的一个考验。

全民炒房的年代里，见过大家凑钱买房，然后再租或者再卖挣钱的。比较典型的，是小汤山的一个叠拼。中介带我去的时候，我就奇怪，为什么这家装修、家具风格如此不统一，比如沙发是古典欧洲皮质的，扶手上各种曲里拐弯，餐桌又是简约北欧，而穿衣镜则充满梦幻风，粉粉的样子，墙上还挂着骏马奔腾的字画，似乎把所有风格的东西都摆到了一块儿。后来搞明白了，这套房子是几个朋友凑钱一起买的，家具电器什么的，也是各自负责一块，于是大家都按照自己的路数买东西，一堆砌，不像一个家，倒像是个家具店。

所以，装修这件事情，不存在“众人拾柴火焰高”这样的事情，太毁房子。

但独自做主就真的好吗？恐怕也未必。

中介带我去过一个小独栋。这房子面积不算大，可太有特点了，一个字，就是“嗲”。房子怎么还能“嗲”呢？因为房主完全是按欧洲公主的套路进行的装修（还是童话版的）——楼梯扶手、挑空栏杆甚至花园里的围栏和铁门，全都用金属铁艺，墙壁刷成粉色，双人床、沙发、梳妆台什么的，不是紫的就是粉的，或者是白的，屋子里的窗帘、窗纱和床幔，更是粉红一片。中介说，这是套婚房，房主是个煤老板，房子是给女儿结婚准备的，但是女儿没住。

我问，是不是还没结婚呢？

中介说，也不是，他女儿都三十了。这个女儿，十几岁就去国外读书了，一直没回来。在父亲脑海里，女儿还是原来那个小巧的模样，装修也显出了满满的爱。后来女儿带着丈夫回来，完全接受不了这栋房子，俩人住都没住，就去上海了。这房子就一直空着，煤老板终于觉得，空在这里还得打理，干脆卖掉算了。

尽管当时我只是想租房而不是买房，中介还是把我带来看这个房子。他觉得我是个文化人，很有必要让我欣赏一下这套特色极浓的房子。

我只是觉得心疼，替这个当爹的煤老板心疼，也替这套房子心疼。

大多数人都是爱房子的。只不过，一部分人爱的是房子的价值，另一部分人爱的是房子带来的生活。前者看待房子，和看待一块石头没有什么两样，只是希望它能增值，所以对待房子并不经心，只是买下来，然后租或者卖出去。房子对于他们来说纯属工具，对待房子毫无感情色彩，如果一块板砖能增值，他们也会这样对待板砖。后者是真正的爱，只不过受限于自己的审美，有时候爱得不得要领，有时候爱得过犹不及。

2013 年，我租住在一栋楼房的一层。我的楼上是一套毛坯房，没有人住。安静了半年多，楼上开始装修了，结果装修工人在没做防水的情况下，就在房间里洗澡，我的房子漏了。

当时我可生气了，气势汹汹去找楼上理论。俩装修工人直跟我赔不是。我往屋里一瞧，奇怪啊，屋子的客厅中央，用红砖搭起一面墙，说是墙吧，又两头都不沾，似乎是个照壁。这四十平米的客厅有必要搭这么隆重的照壁么？我就问：你们在搭啥？

装修工人说，是个电视墙。

我满腹狐疑地下来，琢磨在屋子正中搭电视墙是什么感觉啊？

后来有一天，楼上的房主露面了，是个老太太，敲我的门，跟我赔不是。我说没啥没啥，但我可好奇您家的装修呢，我能去参观一下吗？

她说没问题啊，欢迎。接着，我就看到了黄色和蓝色的琉璃瓦，已经把红砖完全遮盖了，顶端还有飞檐斗拱，墙的正中是条飞舞的龙（也许是两条），构成一个“福”字。老太太说，墙里边放电视，这个墙又是照壁，又是电视墙。

我强忍着没笑。这是在家里搭了个山寨九龙壁啊，搁古代这叫僭越。大姐您这内心是有多宏大啊。

追了房子半辈子，感觉真追不上

几年前，在租房子的时候，认识了一个胖胖的中介，整天骑着个小电动车，在小区里转呀转。据说他是这一带中介的大拿，这小区里，所有要出售或出租的房子，他都有钥匙，我的房子就是通过他租来的。

后来有很长一段时间没见到他。两个月前再见，变化不小，依旧穿着中介的工装，可不再骑车，腿有点瘸了，走路很困难，但还是坚持走，每天都走。我问他怎么了，他说，突发脑溢血，现在缓过来了，要锻炼走路。巧了，我也下了个走路的 APP，在小区里转悠，还总能遇到他。只是，我就是按照溜达的速度，也走得比他快些。

他叫住我，跟我说："南边开工了，你知道吗？"

我知道，看见工地了。我们小区南边是一大片空地，包括一个小自由市场。后来圈了起来，几年了，一直没动静。有传言说要建个马戏团，但周边小区有很多养小狗小猫的居民，他们反对让动物工作，抗议了，之后就寂静下来。最近开工，路边多了卖盒饭的，也多了不少卡车和工人，刚开始我还以为真要建马戏团呢，胖中介这么一说，我才反应过来是给人住的房子。他问我："你打算买吗？五万。"

我吓了一跳。我们这里可是北五环开外，再往北走几公里，就是六环了。这儿的房子都上五万了？

胖中介看懂了我的表情，只是说："想想吧，想好了可以找我。"

我开始留心南边这个新楼盘，弄清了它的一些基本状况。

这是一个很有名的开发商盖的。它的房子将不是毛坯房，而是精装房。它是街区形式，应该没有封闭的院子，照搬了美国一个城市街区，在这条街上，将有商业中心、甜品店、餐厅和娱乐场所。其中，还有一所重点小学，一个儿童博物馆。

房子的设计也很洋气，大多是小洋房，也有个别高层，但没有别墅。房屋的设计，最小的 150 平米左右，最大的 300 平米。

看上去美如画，但就是——很贵。

周末逛街的时候，我在万达广场的前厅里，看到了这个楼盘有个小小的摊位，就过去和他们聊了几句。售楼员告诉我，这个房子的最终价格还没有确定，他倒问了我一句："你觉得，这样的房子卖多少钱合适？"

我乍着胆子说了句："三万到四万吧，再高不好卖了。"

他一下就急了，说："怎么可能。你知道附近的某某楼盘吗，和我们性质是一样的，现在都卖四万了。那还是五年前的楼盘呢。他们房子没我们新，物业肯定也没我们好，还没有学校。"

我笑了，没错，一切都更好，除了价格。我还知道在顺义某地，刚出了个地王，那里到市中心的距离，和我们这里差不多，但光从地价看，房子得卖十万一平米。这么对比，房子要定在五万上下，确实有理由。

可是，卖给谁呢？

晚上回来，仔细琢磨了一下。这儿的房子是卖给两种人的。一种，真心要住的人，比如想改善住房条件的，比如买第一套的年轻人，或者挣了点儿钱，想买个房子安居乐业的"中产"。另外一种，炒房的人，希望靠房子投资，盼着房子升值，然后卖出赚钱。很显然，南边这片房子，在设计理念上，看上去是要卖给第一种人的。因为它的户型面积，很适合一家人住：夫妻两个带一两个孩子，加上老人或者保姆。这是完美的中产造型。有街区和博物馆，生活设施齐全，有学校，还沾上"学区房"的边了。

问题是，这样的"中产阶级"数量有多少呢？如果真按照五万一平米算，那么房子的总价在 750 万元到 1500 万元之间。

家中有上小学的孩子，且能拿出这样一笔钱的家庭是什么样子，我很难想象出来。这样一笔钱，在附近可以买到很不错的独栋或者联排了，面积能达到300到500平米，离这所小学也不过四五公里的路程，难道大家会为了这个距离放弃别墅，去住所谓的洋房住宅吗？

其实，“学区房”的概念，也经不住推敲。如果有这样一笔资金，完全可以在城里买小一些的“学区房”，去靠真正的重点小学，而不会在郊区靠一个复制的分校。“学区房”红火的秘诀是，它只是占用资金而不会消耗资金，当孩子完成入学后，家长完全可以在方便的时候把房子卖掉，甚至还会获得不小的溢价。说白了，就是个泡沫，接力用的，看看最后会砸在哪一家手里。而这个五环六环之间的房子，怕是短期内没太大的上升空间了，也就是说，差不多见顶了，连接力的可能都没有。

确实物业不错，确实理念先进，确实是精装，但仅靠这个，恐怕还是很难有吸引力。

再说说开放式的街区设计——我们这一带，是很著名的堵点。您住再好的宅子，开再豪的车，一出来都会陷入堵车的洪流中去。如果街区是开放式的，恐怕很快就会被堵住，环境嘈杂、暴土扬尘的样子，想想都让人心颤。住在这样的环境中，怎么体现高房价带来的安全的价值呢？

除非街区只是个噱头，最终还是封闭式小区。可那样，设计中的底商就很难让人入住。一个小区，很难支撑起这么大一片商业。

我想，就算是炒房的人，面对这样的房子，也会含糊吧。除了对升值空间判断不准之外，占用资金太大也是个问题。那全是风险啊。

放眼望去，许多一线城市，房子还在涨价。按说，人多地少，接着涨多少年都不是事儿。但是有一点不能忽视，大家用什么买？工资显然是不够的，从 2009 年到现在，房价又翻了一个跟头，但工资却没有。靠工资生活的人，购买力已经见底了，而他们却是购买房产的大头。当然，他们还可以贷款，但贷款也是要有经济实力做基础的。比如买 750 万元的房子，首付三成，那么贷款需要 500 万左右，月还款需要三四万。如果撑得起这个还款额度，也不需要贷这么多款了。

其实，下面这些数据可以给房地产商做参考：2016 年 6 月 3 日，北京市人社局发布去年的职工平均工资，每月 7000 元出头。就算挣的钱高出平均工资 10 倍，买下这样一个五环之外的“学区房”也不轻松。另外，就是 2013 年西南财经大学的一项调查测算，国内资产超过千万元的家庭大约有 305 万个。比起雨后春笋般的千万宅子来说，这个数字是不是太小了点呢？

更何况北京还限购。

《人民日报》发过一篇评论，说“树不能长到天上，房价也一样”。现在的房价是不是到了天上还难说，但顶了天花板是一定的。就这么说吧，搁在以前，房价怎么涨，大家勒紧裤腰带，牺牲点儿生活中其他的幸福，勉强还能够得着。这二十年，大家已经把什么办法都想过了，工资、啃老、贷款，倒腾所有能倒腾的资金，组团、集资、拆借高利贷、买进卖出，连押房子借消费贷这样的招数都使上了，很多只想住个好房的人都被逼成了房虫。合法不合法，五花八门。您再往上飙，没招了。有价无市，这就快了。

其实，我也不是非憋着买这个街区房，就是有点郁闷，昨天还觉得自己是个“中产”，日子过得挺滋润，今天被这么一闹，觉得自己自作多情，仍然是个穷人。我不知道，这是新楼盘的销售定位不准，还是我们这些人人生定位不准。

打开电脑，扫了一眼这个城市的房价，城里漂亮的大宅，都是一两千万的总价，用售楼员的思维，他们都卖到那个价了，我们卖贵点怎么了？心里开始发寒，努力半辈子，这是要被人甩了啊。

我认识的中介挺多，遛弯时又碰上一位，以前是个小店员，后来做得好了，当了店长，自己也在附近买了房，老婆孩子、父亲母亲，都接来一起住，中午还能回家吃饭，我觉得他过得比我好。他跟我透露消息：“哥，某某小区又出了套房子，挺不错的，我觉得能升值。”

我说：“兄弟，你还不知道我吗？其实我没心思倒腾房子。

再买房子，我觉得就得买个长久的房子，往里一住，安安静静，就不动了。房地产市场，天翻地覆什么的，都与我无关。我想找的，是这样的房子，升值不升值，关系不大。”

他说：“噢。”

暖不了的房

我要说的这个小区，就在我住的地方附近。之所以要提它，是因为前一阵我去了解过——那时候我打算把住的房子卖掉，它实在太高，五层没有电梯，有时候我上楼都喘，更别提我爹妈了，他们到我这儿来住，上下楼都不方便。所以，我想换一个楼层不那么高的小区。当时，我认为这个小区是首选，一是距离不远，生活环境没有大变；二是它除了独栋就是联排，不存在上下楼的问题；三是它真的很便宜，要是买户联排，我添不了多少钱。

唯一的问题，就是它比较旧，建成于 20 世纪 90 年代。但旧归旧，好歹也是个高档社区，住的都是有钱人。想想啊，90 年代，住得起这样房子的有几个?

然后，中介就把我带去看房了。大家都对中介印象不好，但我觉得我这个中介朋友还算诚恳，一路上念念叨叨的，话里话外的意思，就是不太推荐。我还纳闷儿呢，中介不都是把房子说得跟花儿一样么？他这态度反常啊。

絮叨半天，中介哥们好像下了决心，说你一定要看的话我就带你去看看吧。

连着看了两家，都是风格突出，其中有一个房主是画家，家里的布置和陈设非常大气，心里中意，几乎要下决心买了。然后就发现问题了。

几个工人正在小花园里干活，草坪被挖得很乱，翻出的新鲜泥土堆积在一旁，人走过去，踩一脚泥，鞋子就变脏了。我随口问了句这儿干什么呢？中介回答说，是供暖改造。他半叙述半提醒地说："这儿的供暖不太好。"

我心里就是一凉。供暖不好的地方我可不能住。

回来后，我头件事就是上网，找这个小区的业主论坛。不看不知道，一看吓一跳。这小区的供暖问题真是由来已久，已经闹了有几年了。捋着帖子往下看，有物业的呼吁和解释，有业主的抗议书，还有供暖公司的通牒，煽情的、愤怒的、理智分析的，各种文体，各种观点，立场鲜明。认真看了俩小时，终于闹清楚了。

起因，是有人拖欠取暖费，刚开始是个别的，后来愈演愈烈。

这个小区的供暖，是物业包给一家供暖公司的。供暖公司收了取暖费，烧炉子供暖。本来以为住的人档次比较高，收个供暖费没什么大问题，没想到每年都收不齐，最惨的一年，只有不到三分之一的人交钱。

为什么呢？因为有一些人买了房，却不住在这个小区里。他们的逻辑是，既然我没住，自然也没享受到供暖，既然享受不到供暖，凭什么让我交取暖费呢？于是就拖欠和拒交。物业打电话，干脆不接。反正，拿他们也没办法。

赖账这种事情，是可以传染的。既然有人不交取暖费就能过关了，那么其他人为什么要交取暖费呢？于是，不交取暖费就像疾病一样蔓延开来，借口也是五花八门，比如温度烧得不够高，家里小孩被冻病了，比如房顶漏水，再比如，谁家私搭乱建遮了光物业不给解决，还有就是手头钱紧，等等。总之，物业做得有一点不到位的，甚至自己的事情，都被拿来当作拒交取暖费的理由了。还有一种说法是，因为有人拖欠取暖费了，导致供暖公司偷工减料，这完全是物业不作为造成的，所以不仅不该交取暖费，连物业费都不该交。

这样的争论持续了两年，终于把供暖公司搞崩溃了。在物业转发的供暖公司通告（就是最后通牒）里，供暖公司表示，亏损越来越大了，已经扛不住了，如果某月某日取暖费再收不上来，就会停止供暖。

看起来，大家都没当回事。因为政府有文件啊，出什么事都不能不烧暖气。

然后，供暖公司就真的不供暖了，一连三天。想想啊，数九寒天，屋子里没有暖气，滴水成冰，哈气儿都是白的，日子可怎么过？特别是家里有老人孩子的，都急哭了。当然，可怕的事情还在后头：这个小区已经不年轻了，如果暖气管道结冰，被冻裂了，以后就是想烧暖气也烧不成了。

最觉得委屈的是那批每年准时交取暖费的人——为什么别人的错误，要由我们来承担呢？我们遵守了规则，为什么也要挨冻？

于是，一批愤怒的业主集结起来，直接去了镇政府抗议，镇政府赶紧开了紧急会议，把物业和供暖公司的人都叫来了。供暖公司的态度也很鲜明：批评全接受，可我们没有钱了，你叫我们烧什么？

事情就这样骑虎难下。还是政府觉悟高，决定先把这一年的取暖费垫上，但是责令物业进行供暖改造——明年这个时候，不许再出这种事了，再出，镇里也管不了了。

暖气就这样恢复了，开春以后，一些住户的改造上马，就发生了我看到的那一幕：挖开花园，铺设新的煤气入户管道，每家安个总闸，烧不烧，烧多热，完全由住户自己决定。

按理说，事情到这里就算告一段落了吧？没有，接下来还有一出。

那就是供暖系统的改造需要费用。这笔费用要业主们来承担。

我看到论坛上比较新的帖子，一个 ID 叫“老兵”的住户号召大家抵制这次系统改造，说这是物业和供暖公司转移矛盾的借口。凭什么大家要多出这笔钱？这不是对业主权益的剥夺和侵害么？所以，不能改造，而是要动用法律武器，追究那些不交取暖费的人的责任，让他们补交费用，让供暖回到“正确的轨道”上来。

下面跟帖支持的人也不少，也有骂的，意见相当不统一。

其实，“老兵”说得也有道理，只是，要是这么纠缠下去，到哪儿能算一站呢？从春天到冬天，也没多长时间。

很多事情都是这样，少数人的不守规则没有受到惩处，就演变成多数人的不守规则，接下来就是守规则的人跟着倒霉，然后就是利益的重新划分，无论是否守规则，大家都要付出代价。不愿付出代价，根本就没有出路。所谓积重难返，就是这个意思。我们现在的种种不适和愤懑，大多是以前种下的种子。这种事情和有没有钱、有没有爱都没关系，就是个惯性。

这个小区的房子价格和租金都低于周边小区，和供暖的事情不无关系。

后来我问中介：“你说这个小区到了今年冬天，能正常供暖吗？”

他说：“哥，这个我可真没把握，我又不是这个小区的人。要不您看看别的房子？”

听人劝，吃饱饭，最后我把原有的房子卖掉，在这一带稍好一些的小区租了房子。当然，别的小区有别的问题，在我们这个地界儿，什么地方没有问题呢？

这么些年的房

过年了，买肉、买油、买香烟带鱼、买花生瓜子……这些曾经需要划本、凭票供应的东西，如今都算不得紧缺了。依旧紧缺的是房子。要在北京买下一套像样的、能安居乐业的房子，对于普通人来说，依旧是件难事。印象中，北京的房子从来没有宽裕过，无论是现在，还是五十年前。

两年前，一位过去的领导买下一座郊区养老的四合院，从此再不为房子操心。我去看了，院子布置得精心，灰砖灰瓦，花树掩映，但严格说不是四合院，而是三合院，因为缺少了东厢房。那个园子基本都是这种设置，仿四合院的三合院。真正的四合院，还是在城里，二三十万一平米的那种。能买下那种房子的，基本两种人，一种是土豪，一种是外国人。有文章说，50 年代，艾青、张恨水、老舍、赵树理那样的作家，能拿稿费买四合院，现在是做梦了。现在一本书，只值一两个月的房供。

很多人对北京住房的印象，都是影视剧造成的，但影视剧曲解的成分很多。比如现在的年轻人小时候看过的《小龙人》，故事发生在四合院中。那种朱漆碧瓦、安安静静的四合院，北京确实有，但是少数，也肯定不是老百姓能住的。这类房子，多为官员、名人所住，在“文革”期间幸存寥寥。我曾经见过两次，都是在东城区。一座坐落在一大片普通民宅之中，周边其他普通住宅都墙矮门窄，唯有这座，高墙阔门，能看到巨大的树冠从墙内探出，透着一种神秘感。奇特的是，在它门前走来走去多年，从来没有看到过大门开启，也没有警卫和汽车出入。大家都传这是某某某（当年一位高官）的宅子，却无从证实，由着它继续神秘。

另一处，是十几年前办杂志的时候见到的。杂志社本就设在四合院中，有一天看见同事在墙头朝隔壁张望，过去一看，旁边的四合院正在施工，地面建筑已经被拆除殆尽，地下挖了个巨大的深坑，有四五米深了。这是要按照四合院的格局重新造一套有地下室的院子。至于它的房主，则依旧神秘。据我们院子里的老人说，这院子本是一位名人祖上传下的，但因为是买给小老婆住的，名人自己并不知道，稀里糊涂的，年代久远，也就闹不清楚落到谁手里。

所以说，在北京，那些买郊区别墅大宅的，顶多也就是土豪。真正起范儿的，一要在市中心，二要有神秘感，追求的是不接地气。电视剧当然拍不出来。

真正的老百姓住什么样的四合院呢?

北京房产的产权，从国民党那阵就乱，到了解放后，又经过50年代后期和“文革”的两次洗礼，许多私产都归了公，一个四合院，会住进很多居民，他们会向所在单位交房租，房租再有一部分给房主（也许不给)。居民们又生小居民，房子不够住，就在院子里盖，于是四合院被改造成为许多的大杂院，一进门，里边曲里拐弯的，都难转身。大家共用一个水龙头，共用一个电路，至于上厕所，只能去胡同里的公厕。生活条件远远没有《小龙人》里描述的那么好。住的人多了，磕着碰着的也难免，邻里们可以仗义得互相帮助，转眼间也会为谁先洗菜反目成仇。这种住房条件几十年没改善，想想也够糟心的。有许多反映上世纪八九十年代改革开放的电视剧，故事背景都在大杂院中。

另一类的住房，比大杂院还要糟糕些，比如在三里屯附近的幸福三村，据说是50年代大量农民进城当工人，给盖的临时宿舍。说是临时，一住就到了90年代，直奔棚户区的路子去了，有一阵子，媒体揶揄它是“新时代的龙须沟”。最要命的是，幸福三村毗邻工体北路，那阵外宾的车队从机场过来，必须要由此经过，实在有损脸面。于是，索性在路边修了一堵墙，上面有标语和彩绘，把里面的村子遮住，就这样对付了好些日子。再后来，就拆迁了，这里一部分变成居民楼，一部分变成了高档公寓，黄金地段，住的大多也是高端人士。

北京另一种带有特色的住宅，是部队大院的住宅楼。最为典型的部队大院，在电影《唐山大地震》中出现过，就是军人王德清收养孤女之后住的地方。部队大院主要集中在北京西郊西长安街一线，空司、海司、总装、总后等一路排下去，都有院墙圈着，几个大门有卫兵把守。除了若干办公楼，内中还有食堂、学校、幼儿园、操场、小公园、体育馆、门诊部和军人服务社（商店），甚至有些菜地，可以说每个大院都是个自给自足的小社会。后来一些大院在外面设立了子弟学校和幼儿园，但也是封闭式的，不会对外招生，院子里的孩子坐班车往返。

部队大院的老住宅楼，似乎都有着苏联传来的风格，宽大、结实，不仅楼层高，而且楼梯宽大，楼梯拐角处有落地玻璃可以远眺，有的还带有拱门。它们都是砖楼，相当结实。另外一个特色是级别分明。级别较低的干部和家属，住的虽然是单间，但面积不大，一层楼能住四五户，两端是大家共用的厕所，每层楼还有一个共用的厨房。高级一点的军官则可以住单元房，家里有两到三间屋子，还有阳台及独立的卫浴、厨房。当然，首长们是不住楼的。在部队大院，有一个区域，一溜排开的单独院落，另有一层院墙院门，有卫兵站岗，所谓院中院、园中园。即便对大院的孩子们来说，那些小院也是神秘的，不可能进去。现在在京郊的别墅区，就有一些建有这样的园中园，售价极其高昂，估计是大院遗风传出来了，或许是从小生活在大院里的孩子发达了，想圆一下首长梦也未可知。我和一个中介聊天，她跟我讲，有次有人开着奥迪，想看看某园中园的房子，被售楼处直接拒绝：开奥迪的，级别太不够了。

其实，在六七十年代的北京，远远不止部队有大院，部委有大院，各个企业也有自己的家属区。比如三里河一带，有一大片灰灰的居民楼，格式模样都一致，那就是部委的家属区。再比如东郊，有很多国有企业的家属院。大家既是同事，也是邻居，生活圈子就这么大，多一层亲密感，当然也容易产生这样那样的矛盾，单位的“宫斗”也有可能转移到家属中，彼此纠缠连结，说不清道不明的。室内剧《我爱我家》中的傅老，似乎就是住在部委大院这样的环境中。人退下来了，闲来生事，处处都摆一副老干部教育人的姿态。

为了解决住房，还有些地方盖了不少简易筒子楼。所谓筒子楼，就是一条直走廊，一边或两边是小小的住房，每层楼共用卫生间和水房，没有厨房。本意，是当宿舍用的，大家可以吃食堂，但食堂的饭是能长吃的吗？于是大家就在楼道里置煤气罐或煤炉，各类蔬菜肉蛋碗柜，也都直接放在楼道里。谁家做个红烧肉，全楼都能闻到味儿。由于年轻人增多，大量筒子楼都由临时宿舍变成永久居室，人们在此安营扎寨，凑凑合合过上了日子。现在所谓的商住两用房，楼道长长的、黑黑的，两边是住房，就颇有筒子楼遗风，只是都有了独立卫浴，有的还全是复式跃层，档次高多了。

到了 80 年代，北京面临着住房严重紧缺的状况，返城知青结婚生子需要住房，改革开放人口增加也需要住房。几十年住房没有改善的账需要还了。于是从城里到三环一带，狠狠地盖了一批楼。这些楼要么是板楼，要么是塔楼，多为单元房，以六层为界，楼高六层以上带了电梯。给人印象比较深的，是前三门、复兴门外以及双榆树那种气势磅礴绵延数百米的大平板楼，顺着楼道，可以从一个单元走到另一个单元。这个时候，北京才初步有了居民小区的概念，只不过这些小区，要么属于某个单位，或者是几个单位合建，要么属于房管机构，大家还是交租金。室内剧《家有儿女》里，大约就是这种房子。在当时，这类房子可真是让人感觉生活有了奔头，有燃气管道，不用扛煤气罐，多大的福利啊。

现在，在三环以内，这些房子还都是主力住房。只不过质量不怎么样，不隔音、老漏水，不少厕所还是蹲坑，厨房没有烟道，抽油烟机直接顺到窗外，谁家炒个辣椒炸个鱼，味道楼上楼下窜，电路什么的也老化了。只是，城市里不再增加住宅用地，这些破旧的老房子，现在成了有限资源，都是宝了。

90 年代中后期进行了一次房改，这些住房产权大多到了个人手里，人们一次性交上一笔钱，有了房产本，就不再交租金。与此同时，商品房、经适房什么的开始在郊区出现了，先富起来的一拨人，比如明星、大款，率先买了房。后来很多人学会了贷款，也开始买房了，北京开始了商品房时代。那个年代有房子的人，现在都是赚的，几千元一平米啊，好多人是咬牙买房，觉得太贵，做梦也想不到，现在没有最贵，只有更贵。

现实题材的电视剧里，对住房的美化到了极点，个个窗明几净，总裁们无论霸道不霸道，都住豪宅。

单从北京的住房来看，总有一种被现实生活赶着跑的感觉，无论是 50 年代、八九十年代还是后来的商品房狂飙，都是几次大规模的城市改造、人口扩张引发的，相当被动。在政府、单位统管的时代，能够提供给大家的，顶多是栖身之所，官本位的阶层感觉也十分强烈。到了商品房时代，看上去供应丰富了，但对于大众来说，依旧是沉重的压力。以前人们为分套房子争斗，现在为买套房子拼命。痛点不一样，但痛是永存的。

靠“停车泊位证”买车的日子

2002 年，我买了第一辆车。

当时，北京市买车，在城八区内需要停车泊位证。也就是说，你得证明你已经有了一个车位，才有资格买车。那个时候我已经住到昌平区了，算是远郊，远郊是没必要办这个证的，但问题是，一直有传言说远郊区县的牌号将限制进入市区。为了保险起见，我和很多购车人一样，打算办个城八区的牌照。我父母在城里住，我单位也在城里，那时候地铁也没这么多，我冒不起被限行的风险。

可我并不认识城里那些停车场的人，我甚至都不知道那些停车场在哪儿。汽车销售服务 4S 店倒是很贴心地跟我说，别发愁，这事我们替你办了。

把手续交给人家，回家等信儿。

北京是 1998 年开始实施停车泊位证制度的。当时，正处于北京机动车高速增长的时期。由于商品房刚刚出现不久，房价不贵，专家鼓励大家去郊区买房，省下的钱再买辆车，房子车子就全有了。主流媒体也热衷宣传“汽车时代”“汽车走入家庭”“汽车是支柱产业”之类的话题。我就是千万怦然心动的人之一。到 1997 年下半年，北京机动车突破了 100 万辆，速度太快了，于是政府想出了一个办法：要买车，先得弄个停车位。

几天后，4S 店的电话来了，事情已经办妥，就是得自己亲自跑一趟，交钱、取证儿。

那是我第一次来到这个停车场，在三元桥东北角，好大一片场地，停了一些车，但大量的车位都空着。小窗口前，报了姓名和 4S 店联系人，给了钱，一纸证明就出来了，挺大，跟奖状似的，印象里，上面还盖了某交通支队的章。那时候车位还不贵，一年一千五六百元钱，我这新车得交两年的，三千多元。为啥啊？因为两年后得验车，还得买个新证。

我还傻乎乎问 4S 店，是不是以后开车，得把这证明放风挡玻璃下面？ 4S 店说，你愿意就放着呗。

其实不用放，就买车上牌的时候用。下次再用，就得验车的时候了。天可怜见，到了 2004 年我该验车的时候，泊位证制度取消了。当时我是既高兴又失落，高兴的是，不用再交钱了。失落的是，这停车场我这辈子就去过一回，待了不到 10 分钟。三千多啊，每分钟平均下来，比去趟马尔代夫都贵。

买了车回来，跟同小区的邻居显摆。邻居的车是郊区牌照，他说你花这钱干吗？又没真限行。又说，不可能限行，我们老百姓不答应！要是万一限行了，我进城办事就得借你的车了。那一瞬间我莫名产生了优越感。说实话，车的差别，哪怕是细微的，也会让人有优越感，比阶级差别都明显。

可后来，直到停车泊位证这事取消，限行的事也没落实。这就彻底证明，我当了冤大头，那三千多，等于打水漂。打水漂的人有多少啊？

为什么取消了停车泊位证？当时的《北京青年报》等媒体报道说，中介机构和停车场搞了太多“开发”，停车泊位证成了他们牟利的工具。在检测场和交通支队的办事大厅里，贩子们公开兜售泊位证，价格甚至低到了 400 元，成了“自由竞争”了，报纸上也充斥着代办泊位证的小广告。一边打击贩子，一边给泊位证盖章，政府的管理成本巨大。至于车主，能停车的地方开不出证明，开得出证明的地方又停不了车，那这证明不就是形式主义吗？甚至有车主要交两份钱，一份办证明，一份给小区物业公司租开不出证明的车位。

媒体的报道还写道：“泊位证明所引发的问题，也引起了首都新闻界的高度关注，新华社记者曾多次写文章予以报道；不少人大代表、政协委员也多次呼吁取消泊位证明，但效果不佳。”

最触动人的原因，是停车泊位证制度根本遏制不了机动车的增长速度。在办泊位证的这几年里，就算要花冤枉钱，北京的机动车保有量也翻了一番，飙升到了 205 万辆。

2003 年全国人大通过的《道路交通安全法》，成了压垮停车泊位证的最后一根稻草。法律规定，验车时只需提供行驶证和交强险，“任何单位不得附加其他条件”。得，要停车泊位证，违法了。

当北京市宣布取消停车泊位证明购车验车的时候，媒体的措辞是:这个消息无疑成为最令京城有车族惊喜的“新年礼物”。

不知道为什么，停车泊位证明这个实施了五年多已经被大家认定为错的事情，现在又被拿出来，说成了“有位购车”。对于过去被否定的操作，竟然又有了“当时这个措施是非常正确的，也是非常必要的”这样截然相反的官方评价。这种只有结论没有数据推论的话，说出来都叫人难以置信。

追求一车一位没问题，但搞有位购车，得先把多如牛毛的车位产权捋顺，还得把车位状况弄清楚，还要考虑与摇号政策的衔接，还得对外地牌号汽车制定相应对策，最重要的，依旧得防范着停车证寻租和证贩子，还要想办法应对可能出现的爆炒停车位，弄不好，车位可能会比车还贵上几倍，然后再限购停车位……

成本高吧？不觉得累么？还没把握能做好。也许一些公务员真的不怕苦累和麻烦，那么做更有时效的事行么？比如把成本和精力用在建停车位上，先把现在那 300 多万停车位的缺口补上。

老实说，我自己已经有车了，“有位购车”这事和我也没直接关系。我也不爱开车，能坐公交能打车我就绝不动车。但我比较烦办各种证，也比较烦各种朝令夕改来回拉抽屉。越这么折腾没个准谱，就越担心交通这事搞不好，没准还得陪着打水漂。

你为什么总和我想的不一样

家门口有一条路，名为七星路。它南北向，与立汤路平行。住在北京北部的人都知道，立汤路老堵，立汤路堵的时候，走七星路，能绕过一些堵点。

但七星路也不是不堵。七星路的最南端是一个三岔路口。那一带路边有大量的饭馆、歌厅，但是没什么停车位，于是许多汽车就停在了路边。尤其是下班高峰的时候，路边的烧烤摊也出来了，更是堵上加堵。不耐烦的司机，理所当然地冲上了自行车道，可谁曾想前面还有停在路边的汽车挡道，于是他们只好并线回来。那个劲儿，简直乱上加乱，堵上加堵。

想必除了司机，周边的居住者也很不耐烦。有一天黄昏，我开着车，随着长长的队伍等通过，一盆脏水兜头泼在我的车顶上。我当时气得想下车理论，可想想还是算了。我的车在路中间，我要下去了不就更堵吗？再说我也不敢。我不知道愤怒到泼水的人会不会再愤怒地揍人。

为了防止堵车中的司机逆行超车，相关部门在路口附近设置了中间隔离栏。但依旧有人冒险，从隔离栏的另一侧逆行前冲。结果，对面来了辆大公共汽车，公共汽车理直气壮，直接闪大灯按喇叭，那辆逆行的汽车一时呆住，不知道怎么办才好。后面一串跟风者都僵住了。我清楚地听到我前面的司机摇下车窗，冲着公共汽车司机喊："撞他们丫这帮逆行的，撞死活该。"

公共汽车司机当然没那么傻，就是按喇叭，和逆行超车的人对峙。几分钟后，实在没了辙，逆行的队伍开始缓慢后撤，花了很长的时间，路才渐渐通了。

我看了眼那个带头逆行的司机，长得很老实的中年人，副座上还坐着老婆、孩子。也许一家人下班放学后刚团聚吧，急着回家吃饭。可是，谁不着急呢？这个世界上，所有人的时间都是宝贵的，都是有限生命中的一部分。

在我看来，七星路南端这个三岔路口，就是全北京城拥堵的一个缩影。造成拥堵的主要原因，就是随意停车以及条件反射般的逆行超车、加塞儿。如果没有这两条，那么交通会顺畅很多。

网上有一篇文章，叫《东京为什么不堵车？看完你就明白了》。大意是，东京的面积只有北京的八分之一、人口比北京多 1500 万，机动车比北京多 200 多万辆，但人家为什么不堵车呢？因为各种立体的、智能的停车场多，因为东京人开车比较有礼貌，不会随意变道、超车。

不知道这个分析有没有道理，但一些国家的司机开车不那么着急是真的。我问过一个在加拿大生活的朋友，外国人爱不爱超车，他说绝不。就算是本车道堵了，旁边车道空着，老外也不爱并线变换车道，只是耐心地在那里等着，仿佛世界上没有并线超车这个选项。所以，他孩子学车的头一天，教练敢直接让她开车上路。

啥叫汽车文明？不叫车大车好就是文明，而是守秩序。

再说停车场。其实住在郊区的很多居民，已经放弃开车进城了，不少人把车开到地铁站，停进停车场，然后，挤地铁上班。可问题是，这种接驳的停车场车位根本无法满足需求，比如我去过的霍营地铁站，人们进不了停车场，只好把车停在马路边，能绵延开好几个路口，两三站地。再比如有一次我要进城和朋友吃饭，围着天通苑北站转了好几个圈，收费不收费的停车场都满了，门口还在排长队，路边也密密麻麻，见缝插针都不能够，最后没辙，只好把车开进了城。

像北京这种超大城市，为什么不多建一些立体停车场呢？最新的统计数据，北京的停车位有 302 万个，比起汽车拥有量，缺口是 260 万个。如此庞大的缺口，应该把发展现代化的停车场放在首位。事实上，人们没有看到有增加停车场的三年、五年规划，只是看到停车提价。就算提到每小时 1 万块，缺口还是那么多。

北京市要收交通拥堵费了。据说此例一开，很多城市会跟进。

这个钱，不是不能收。问题是，收了就能解决问题吗？北京拥堵，绝不仅仅是上路车多的问题，还包括规划不合理、开车不守规矩，以及停车位缺失。规划的毛病短期内难解决，那么其他两项能不能先抓一抓，这些招数都用了，还是不解决问题，再通过法律程序去收拥堵费，是不是更有说服力一些？

可惜，真没有迹象要这么做。看看这些年治理拥堵的政策，限号、限牌、停车费涨价，还有收车位费的动议，再加上油税、拥堵费，基本都围绕着已有资源的再分配来考虑，就没有想过扩充或者更高效地利用资源？

二环内收费了，三环四环五环还不一样堵？我们这儿的立汤路、七星路也不会有什么变化。大部分人的家永远在郊区，大部分人的工作单位永远在城里。难道要一直收费到郊区？

发展公共交通是个思路，可力气都使在城里了，郊区的公交车，间隔时间很长，还有一部分车，晚上七点、九点就早早收工。

终于有一天，你会修到七环。修到七环怎么办？大家走着去上班？

去年中学同学聚会，其中一个同学在交通委上班，我们就聊了聊解决交通难点的思路，结果，对方说的全是打击网约车、收拥堵费、单双号限行之类的想法，我们想的完全不一样。分歧如此之大，让人震惊。

是我们过多考虑自己的利益了，还是什么别的原因呢？但换个角度说，政府部门难道不是该站在市民利益上做事吗？

想不到一个点上的事情，还不止交通这一桩。例如个人所得税这件事情，大家嚷嚷好几年了，期望起征点上调。加上现在人民币贬值得快了点，房地产限购，投资理财不那么靠谱，少收点税不行吗？回答是不行啊，时机不成熟啊，单单提高起征点不公平啊。公平的是按家庭收入征收。可家庭收入怎么统计是个难点，扯皮的事情很多，那么等等吧。

不知道要等到什么时候，这是个“拖”字诀。可说也奇怪，成品油税收说涨就涨了，海淘税收说涨就涨了。增税麻溜的，减点税就这么难。

其余诸如张家口的“草原天路”收费、凤凰古城收费、网约车管理、快递小三轮，等等，无一不引起争议吐槽，思维竟那么不合拍，如同大家没有生活在一个次元中。

其实，每一项公共政策的出台，可能都会伤害一部分人的利益，轻伤总是无法避免的。无论是管理决策者，还是带有不同利益需求的普通人，可能都要逐渐习惯这种“损失”，毕竟这个世界不可能尽随我愿。这一点，公众得习惯，政府也得习惯。

但需要有一个前提，就是管理的法治化、程序化和透明化，要有必须的解释，不是遮遮掩掩硬找借口的那种，而是开诚布公。我记得有一次要出台一项交通政策，事先做民意调查，各个媒体也都报道了，但在媒体提供的路径，如关注官微、微信公众号后，却很难找到调查的链接。最后，还是在一个网媒报道的末尾，才找见一个入口，能进入调查。调查问卷也做得浮皮潦草，一半以上的问题都是在问被调查者的个人情况，诸如年龄、家庭汽车状况、距离工作单位多远等，至于对政策本身提的问题，则简约得很。这种调查显然是不合格的，对政策的制定也是无益的。政策的制定者和老百姓总难想到一个点上，那是能力问题，还是态度问题啊？

据说现在有一种公共政策预测软件，就是将小到一个街区，大到一个城市的所有居民的年龄、文化程度、财产状况、性别、信仰等基础情况予以统计，使之数据化。每当要实行新政策时，则使用这个软件进行运算，最后筛选出公众最可能出现的几种反应，根据这些反应，决定政策实施与否，或者再制定进一步的应对政策。对此有研究的一个朋友跟我说，这需要特别庞大的运算，但技术上已经不存在太大的障碍。几年过去，不知道这个东西出来没有，如果能装备到政府机构，倒不失为一种很好的工具，也算是科学决策。

我家小区附近，原本有一个自由市场，附近好些小区的人，都在这里买菜、买水果、买鸡鸭鱼肉之类。可是忽然有一天，这个市场不见了，人们一时着了慌，到哪里买菜去啊？

替换者当然有，两站地以外有超市。可去超市多费劲啊，而且还少了烟火气，结账需要排队，大包小包的，还需要开车。我就在区政府的官方微博上问了一句，为啥把这个自由市场拆了？

小编还挺负责，真的去问区政府了。回答大意是：这个市场是辖区内典型的脏乱差地区，有诸多隐患，是重点整治的地方。取缔后，政府会安排流动售菜车向居民售菜。

我无言以对。打听了一下，真的有流动售菜车，可惜只到隔壁小区，而且有时间限制，像我这种那个点不出门或不在家的人，恐怕是遇不到。更何况，流动售菜车有卖鱼卖肉的么？有卖烧饼面条的么？有鲜花水果和小玩意儿么？有那种买卖双方聊会天儿互相问好逗咳嗽么？有那种寻找食材的乐趣么？

我得承认，原来的菜市场是够脏乱差的，可这是管理问题，并不是必须拆迁才能解决的。好好地经营，好好地搞卫生，就能成为居民生活最大的活动场所，甚至能成为当地的地标。多伦多的圣劳伦斯市场有 200 多年历史；澳大利亚的阿德莱德市场已经成了南半球最大的菜市场；东京的筑地海鲜市场是世界上最大的海鲜市场；鹿特丹的 Markthal 缤纷菜市场号称颜值最高的菜市场，2014 年开业的时候是王后剪彩的……好吧，我们的小菜市场没有这样的雄心壮志，卫生搞好一点，不是难事吧?

菜市场就这么没了。摊贩们无处卖菜，干脆就挤到马路边上摆摊，看上去更乱了。

不料几个月后，不知道是怎么达成的协议，居然在另一个地方，菜市场重新开张了。有意思的是，卫生状况也好转了，虽然不是十全十美，但比以前是强多了，里面甚至还有个小停车场。

这说明，菜市场有存在的必要，生活的基础设施不能或缺，也不能简单地替代、凑合。而且，用心一些管理，整洁干净也是能做到的，关键是得有管理。要不然，大家一起跟着背锅，也不公平。

重新进了菜市场，我还有点怨念，说没就没，说有就有，市民一点知情权、发言权都没有。可很快这怨念又化为感动了，哎，那个卖水果的胖子，十几年前就认识了，一直坚守这一片儿，也不容易啊，现在儿子都能帮着看摊了，中午还能去自己车里打个盹儿，比我都阔了。这都是托这个菜市场的福啊。

吃鸡不易

经常做饭的人都有一种苦恼，就是不知道吃什么好。因为去的市场就附近那几家，卖的东西也就那些，难免容易四顾茫然，站在一堆菜之间发呆。

那天我冲着鱼摊发呆的时候，卖鱼的大姐突然低声说：“我家也卖鸡的。要吃柴鸡跟我说，我让我老公给你杀。”

大姐透露，她老公，还有几个伙伴，都在离市场不远的小树林里卖活鸡。为什么不到市场来卖呢？因为自从闹了禽流感，北京就禁止活禽交易了，所以卖鸡转入地下，跟以前卖毛片的状况差不多，要进树林。

其实我要是想吃鸡，还是有办法的，比如我就遇到过一个卖鸡蛋的大爷，给过我一张名片，是用旧烟盒做的，上面歪歪扭扭写着：柴鸡和柴鸡蛋：135××××××××。冬天的时候，我还真打过一次，一个小时之内，大爷骑着三轮风风火火赶来，后车厢上还盖着大棉被。一掀棉被，都是鸡和鸡蛋。大爷就在我单元门口，慢条斯理杀鸡、拿暖瓶里的开水褪毛。弄完了还自己收拾干净。那次我买了两只大公鸡和十几斤鸡蛋，花了三百多。

我问为啥要当面操作啊？大爷说，为了让顾客放心。

可我们小区毕竟是个高档小区，搞这种血糊糊的交易非常不妥，更何况还有很多遛狗的人。所以叫过一次大爷之后，就没好意思再叫。那两只鸡，省着吃，吃了好长一段时间。

为什么一定要吃鸡呢？我想这和我小时候的食物短缺有关。这么说吧，我小时候赶上计划经济时代了，猪肉牛奶什么的，都是按计划供应，每人每月多少，都要划本儿的，多了没有。带鱼黄花鱼什么的，只有逢年过节才可能出现。至于鸡，压根就见不着。

也不是全没有，当时我父亲在部队，扎驻在陕西武功。我妈每年一次探亲假，带我去见我爸，我爸就会带着我去集上买鸡。当然，也是鬼鬼祟祟的，因为赶集，是资本主义尾巴，按理说该割掉的，但是…… 因为只有那里有鸡，所以还是要去。

我父母都是普通人，钱紧，讲不下价钱来的事经常发生。印象中，最好不过的，是遇到得了瘟病快要死的鸡，这个时候就要狠狠杀价，往往特别便宜。买下来，要趁鸡没病死之前杀掉。如果病死了，那就不能买，不要钱都不能吃。总之，每一年的探亲假，我都会跟家长去一次集市，买上一只奄奄一息的鸡，回来用煤油炉子炖上一锅汤，那叫一个香啊。

小时候最爱看的一本小人书，是《鸡毛信》。里面有一张画，画的是日本鬼子进村，抢了老百姓的鸡，直接煮了，拿刺刀挑着吃。一看那场景，我就馋了。我妈跟我说，鬼子的确爱吃鸡。她小时候在河北农村，赶上抗日战争了。村口一有人喊鬼子来了，家里的鸡立马钻到八仙桌底下，叠罗汉一般一个压一个藏着，一声不吭，浑身哆嗦。

长大以后看字书，读陈梦因的《讲食集》，也说到抗日战争时期，国民党大员梁寒操在贵州，教那里的厨子熬鸡肉粥——将整鸡放在米中煮，烧得烂了，将鸡提出，去骨，鸡肉撕碎放回去，再加葱姜盐。这画面感太强了，看到将鸡提出那个动作，整个人都受不了了，馋得坐立不安。

人的胃是有记忆力的，小时候吃的好吃的，能留一辈子。我爸炖的鸡汤的香味，长久地留在我的胃中。后来上班挣钱，可以在自由市场随便买鸡，买上一只，很简单地放点料酒，用葱姜盐炖上一锅，能吃好几顿，泡米饭一顿，煮馄饨一顿，下面条一顿……第一口鸡汤咽下去的时候，那种通体舒坦、那种欲望被满足的感觉难以言表，这让我的单身生活，比大多数人都更上了层次。

买鸡，也有奇葩故事。

自由市场卖鸡，放血之后，一般拿热水烫一烫鸡，再搁进一个电动的去毛机器里，机器一转，往里倒盆水，鸡毛就下来了。之后简单收拾一下，鸡就干净了。可有一段时间，我们自由市场的去毛机器不让用了，卖鸡的摊贩又开始用手工褪毛。

这是为啥啊？劳动强度那么大，工作量上去了，也弄不干净啊。

卖鸡的哥们跟我解释，说是有个动物保护主义的人把他们给举报了，认为用这个机器是虐待动物。然后，市场管理就下命令了，不让用这个机器了。

当时我有点哭笑不得。搁进机器里的时候，鸡已经死了啊——也许还没死透？闹不懂。卖鸡的哥们也想不通，说不让就不让吧，做生意不容易，听管理，老实不出事最好。几周之后我再去，看见那个机器恢复使用了。举报管的事儿，就一阵儿。

闹“非典”的时候，我掂量着大概有很长时间要宅在家里了，于是出去买鸡，准备做长期困守的准备。可还是下手晚了，开车跑了好几个自由市场，都没了。不仅没有鸡，肉啊蛋啊什么的也不多了，当时不都往家囤吃的么？最后，终于在东沙各庄的市场里看到了鸡，就一只了。说是鸡，也就跟鸽子差不多大，连童子鸡都算不上，刚长毛羽而已，老板要价三十。看我犹豫，老板不耐烦了，问我到底要不要，说过会儿连这只都没了。那还能不要？

可这小鸡也不够扛啊。我决定再去超市撞撞运气。我记得大超市里，也曾经卖过活鸡的。没想到超市更让人失望，不仅没活鸡，冷冻柜台里也快空了。慌忙之中，拿了只冰冻的西装鸡回家，心想难吃就难吃吧，总比没有强。

还真不如没有呢。后来弹尽粮绝之际，我用西装鸡熬了一锅汤，就喝了一口差点没吐了，一股子酸臭味道。看来吃添加剂长大的鸡，根本就没法熬汤。心疼了一会儿，还是全给倒掉了。

这里就要说到工业化对食物的影响。一直以来，无论荤素，食物都是跟农牧渔业扯在一起的。但从 20 世纪开始，食物开始工业化了。大棚种植还说得过去，流水线养鸡鸭，喂添加剂饲料，造反式脂肪酸，诸如此类，一细想，就让人觉得不香，而且还有隐隐的不安全感。虽然这个做法一定程度解决了食物短缺，但是，那不是把人也当牲口喂了么？而且也太缺乏诗情画意了。这事不能细想，有次吃三文鱼刺身，同桌的朋友说起刚去欧洲参观了深海养殖三文鱼：“他们丫拿大探照灯往海里照，不让三文鱼睡觉。醒着也没啥事干啊，那些鱼就吃食儿，不停吃，肉就长得快，就能早上市，成本反而低。”弄得我一筷子肉停在半空中，不知道是吃还是不吃。

就是因为有了工业化养殖，才让鸡有了土鸡、柴鸡、草鸡以及西装鸡、分割鸡这一类的区别。口味和价钱，都两极化了。

十几年前，在自由市场买只柴鸡，也就十几块钱，到了“非典”那年，就上涨到五十多块钱了。现在，要在网上买生鲜，弄只像样的柴鸡，得一百元以上。

但鸡要是都脱毛裸体了，冻上，就很难分清楚。

因此，我对自由市场不让卖活禽也比较有意见。一直认为，禽流感啥的，只不过是个借口，难管理才是真的。一地鸡毛鸡下水，脏乱差，又难以打扫，这才是真正的原因。费那么大劲干嘛啊，都取缔了得了。简单是简单，但要吃口鸡，又难了。据说香港的活禽市场也要逐步取消，那么，爱吃鸡的人到哪儿去找那一口呢？

别说冻鸡也能吃。无论是自由市场还是超市，除非到了真无退路的时候，那些冰冻的鸡，即使标明为柴鸡土鸡，我都不敢买，不知来路，那颜色和表情，越看越觉得可疑。

按说现代化给人方便，但实际上，带来的也是麻烦，尤其是管理者显得力不从心的时候。至少，现代化可能终结某些生活方式，正常状况下唾手可得的东西，突然就变稀罕物了。我一点都不觉得这叫“进步”。

当然这不只说的是鸡。

自由市场不让卖活禽，又不好意思麻烦送鸡上门的，我就只好在网上买鸡。网上卖柴鸡的多，但也不是家家都好，有的是喂的混合饲料，不是网页上吹嘘的纯柴鸡，还有的，不带鸡胗鸡肝这些精华配件，让人觉得心里相当不爽。当然也有好的。

有一次我在江西一家网店买了鸡，人家真是从山里小村开始发货，结果发出三天了，还没收到。

店家急了，给快递打电话催。第二天我刚起床，就有快递师傅敲门，把鸡送来了。

我往外一瞧，没看见快递车，倒是有辆出租车停在门口。快递师傅解释，店家催得太急，干脆就打了出租车送这趟货了。

真是良心企业啊。我激动起来，拉着师傅的手说：“太不容易了。你是怎么打到车的啊？”

我们为食物埋的单

刚养猫的时候，完全不懂猫粮的门道。去超市，看见包装得还不错的猫粮，就拿了两袋放购物车中。可结账的时候，排在我前面的一个姑娘直回头看我，最后忍不住说：你以后不要买国产的猫粮，要给猫吃天然粮。

当时我基本没明白是什么意思。后来认识的养猫的朋友多了，慢慢才了解了一些。江湖传言，某些国产猫粮为了降低成本，使用“再生肉”，就是动物下水和皮毛粉碎后的物品制成。有的还添加了诱食剂。为了显示蛋白质多，甚至会添加三聚氰胺什么的……这都是传言，但为了安全起见，还是要买国外生产的天然粮，纯肉和粮食制成的那种。给猫吃进口天然粮，才是负责任的主人。

这就跟给孩子吃澳大利亚新西兰奶粉一个道理。有位朋友说，这也等于“不给自己后悔的机会”。

当然，进口天然猫粮要贵很多倍，成本高嘛，还有运输费用和税。可是，贵有贵的道理。因为贵一些的食物，才是“让人放心”的。

有一次参加饭局，身边坐着一位食品研究所的老师。我向他请教：怎样分辨食品的安全性？什么样的食物，吃着才能放心一点？

他沉吟半天，回答：这么说吧，贵一点的，安全性稍微高一些。比如你去买醋，玻璃瓶装的贵一些，就比塑料桶装的安全点。塑料桶装的，甭管装多久，它多少会受塑化剂的污染，是不是？所以，要是我就买玻璃瓶装的。

从那以后，我买醋买酱油买料酒，都改成买玻璃瓶的了。我觉得这位老师说得在理，就好比在超市买排骨吧，我买过一次大减价的，便宜，但颜色发灰，炖好了吃，肉是柴的，很难撕咬，严重怀疑是僵尸肉。同样的超市，买那种特别贵的小猪排，炖好了简直入口即化，不过代价也不低，买上两三斤，就二百多元了。

为什么不吃点好的呢？我经常这么劝慰自己。把钱用在吃上，总比把钱用在药上强吧。我想，所谓安全食品，就是不怎么喂添加剂的肉食，和不怎么下农药催熟剂化肥的素食。既然如此，那么成本就会增加，希望用便宜的价格去买安全的食物，本身就是妄想。贵，自然有贵的道理。

我爸年纪大了，有老年证，坐公交车是不花钱的。所以，他有时候闲得没事，就会坐车去找便宜的东西——比如到火车站附近，找到一个超市，里面的各种食物都便宜，特别是点心。他买了许多，还送给我。我就老劝他：别买那些便宜的吃的。火车站的吃的，能相信吗？

他说对。可是过两天还去买。有分析说，老年人不挣钱了，所以消费的水准会拉低，什么东西都图便宜。我觉得还不完全是这个原因。最重要的是，他们骨子里依旧相信这个社会是有秩序的，是人人都遵守起码的道德准则、商业准则，相信大家都有起码的底线。可我们年轻一点的，却不相信了。

给，就拿着。每次回家，我都会带些贵的食物，米、油、排骨、柴鸡蛋什么的，再从父母那里拿回一些便宜的食物。这些食物不能扔，我也吃，味道上并无异样，有的甚至还不错。只是吃的时候，心里总有种没底的感觉。

多年以前，在西苑饭店后边，二里沟附近的一条胡同里，有个饭馆，专门卖大蒜辣子鲶鱼。有一阵特别迷那道菜，三天两头去吃。后来搬家离太远，就不去了，但是很怀念那个味道，就自己试着做，虽然味道形态远远赶不上饭馆的，但意思是有了。

问题来了：我住的这个地方，要买鱼就去附近的自由市场，或者超市。但自由市场很长一段时间不见鲶鱼的踪迹，超市就更别提了。我到哪儿买鲶鱼去啊？

问卖鱼的阿姨，怎么不进点鲶鱼啊？她说，那东西没人吃，不仅卖不出价钱，而且还总卖不出去。原因呢，是有一阵疯传鲶鱼是吃水里的垃圾长大的，特别脏，“下水道要是堵了，放条鲶鱼进去，都能给钻通了”。这样的鱼，能吃吗？那一段时间，也有人这么说小龙虾。于是，鲶鱼不卖，小龙虾也不卖，真是流言可怖。

没辙，只好买点嘎鱼之类的代替鲶鱼，但口味真的不如鲶鱼。

离我比较远的地方回龙观，有个城北市场，规模极大。有一次去转悠，意外地发现，这里有多得数不清的鲶鱼。那些鲶鱼都放在大水池子里，密密麻麻，在池中翻滚着，看得我心花怒放，立刻说，这个我得买一条。

仔细看，鲶鱼有两种，黑色的和黄色的。老板说，黄色的比黑色的好，也比黑色的每斤贵两块。具体是为什么，不肯透露。

那还犹豫什么？买黄色的啊。

没想到，人家不卖。店老板说，我们只搞批发，你要买就得十条以上，一条不卖。

好说歹说，人家同意卖一条，但是不管杀。这就麻烦了，鲶鱼大家都知道，又厉害，又滑，不好控制。我要拎回家去杀，还不知道闹出多大动静呢。看我为难，老板指点我说，你到马路对面去，他们有零售。

马路对面的店是有零售，但人家没有鲶鱼。跟零售的老板商量，那老板说，这个好办，你等着。说话间就又过了马路，到批发店拎出一条大鲶鱼来，活蹦乱跳地扔进筐里，称重，宰杀。每斤，又加价了两元。

至今，我对这个卖法大惑不解。怎么打算多花钱，还花得这么费劲呢？

从逻辑上来说，贵的就是好的，这没错。但贵的就真的安全吗？在城北市场，我还买过一条很贵的鱼，东星斑。具体多贵就不说了，是死的，但还很鲜，清蒸味道不错。老板说，之所以贵，是因为这是野生的海鱼，运输又要求快，一路高速路费摊下来，贵是理所当然。

把这事说给一位老饕听，他大不以为然。“东星斑怎么能吃死的呢？必须是活鱼才能吃。这要是在广东，吃死的东星斑，会被人鄙视的。”

活的海鱼，甭管卖多贵，北京有吗？只能说，曾经有过。比如某某海鲜市场，就有活的。但两个月前记者暗访，那些鲜活的鱼，之所以能从沿海长途运到北京，是因为在水里下了麻药，叫做“丁香油水门汀”。这药往水里一放，鱼就犹如吃了蒙汗药，被麻翻了，在水中也不折腾也不耗氧了，到了市场，换了干净水，缓一天，全醒了过来。

这药是干吗用的？牙科医院常用这个东西——谁牙疼了，要打个封闭盖个牙髓，就使这个。它属于国家“明令严格控制的医疗制剂”，不能用于食物，怎么大批流到鱼贩子手里的，不知道。

瞧，贵的也不一定安全，要想真正安全，就必须更贵——一路上不停地往水里打氧气，成本更高。看到这样的新闻，我都开始怀疑，文化人也好，白领也好，精英也好，想要吃安全的食物，是不是得先问问自己，你吃得起吗？如果所有的食物都严格按照安全标准来生产，大家会不会饿肚子？

抑或，我们只配凑合着吃？因为，就这消费水平。

有点遗憾的是，这个城北市场年底就要迁走了，鲶鱼的事情今后依旧没有着落。无处安放的鲶鱼和东星斑，贵不贵的，还真不容易吃到了。

在淘宝店上买东西，遇到过一个奇怪的现象。同样的东西，品牌大小规格都一样，价格却是千差万别。比如我家猫喜欢的大猫盆，就是用瓦楞纸做的一个盆，猫可以蜷在里面睡觉，也可以挠着玩。这么一个东西，价格能差上十倍，便宜的就三五十元还包邮，贵的，可以标价到上百元甚至三百多元。

这是为啥啊？有几元几十元的差价可以理解，差这么多，就不好理解。看材料，都是纸板嘛，能贵到哪里去？那些贵的，能卖得动吗？

吃的也有这种现象，比如面包，比如酱肉，等等。

后来和开淘宝店的朋友一聊，才发现这里面是有门道的。

有人开了店，自己既没有库房，也没有货物，却什么都卖。原因呢，就是他们根本就不备货，在网上看见什么东西，觉得好卖了，就扒过来，加价，往自己的店里一挂。如果有人下单，他也会下单，留的是买家的地址信息，等于直接让原始卖家把货发给自己的买家，而自己坐地就赚了个差价。至于东西是什么，怎么吃、怎么用，可能自己都不尽了然。

难怪哦，有时候我买的四川店家的货，却从贵州发货，买的北京店家的货，却从山东发货……问过店家是怎么回事，人家回答，因为厂房或者库房在那里。

也许，真的是库房在那里吧，但也许，就是遇到了空手道的店。

我问朋友：问题是，顾客不会货比三家吗？怎么就会放着便宜的东西不买，却非要买贵的呢？

朋友答：那没办法。有的人就是喜欢买贵的。便宜的，买着不放心嘛。

致我们日趋混乱的健康观

加上我微信之后，我爹经常给我发一些有关健康的文章链接，并且提醒我收看电视里的健康节目。确实，我这个年龄也到了关注健康的时候了。

可说句实话，我真的看不下去那些节目，尤其是嘉宾主持振振有词、唾沫横飞的样子。他们说要多吃某些食物的时候，扒拉出原因，竟然是因为食物里有叶绿素——恕我读书少，我只知道叶绿素能让叶子变绿，产生光合作用，除此之外，我从没想象过叶绿素对人的健康有什么影响，我逻辑不行，转不过来。

记得多年前听过一个气功师的讲座，气功师站在台上发功，然后通过扩音器问大家："你们有什么感觉？"底下人纷纷应和：脸有点发热、肩膀有点麻……这种口气现在依旧出现在电视上，嘉宾总是对腰酸腿疼的老太太说：你是不是休息不好了？维生素（或者胡萝卜素、蛋白质、叶绿素、营养素）补充得不够吧？老太太立刻点头，大家鼓掌。

不靠谱，是我对健康节目的普遍看法，也包括报纸上的健康版和网站的健康频道。这倒不是因为我有成见，而是我办过这类版面。想当年我在报纸做副刊的时候，就一定要做这个版，读者多啊，阅读量大，广告就上得多。那时候报纸上有三个版面是必须有的，健康、电视节目、漫画，要是有一天没了，读者还会抗议。

好吧，现在就说说我们收到的奇葩来稿。比如，你知道正确的淋浴方式吗？一篇文章娓娓道来：先洗头发，后洗上身，再洗下身，最后洗脚。原因么，水是从上向下流的，洗下的细菌污垢正好从上到下被冲走。如果顺序不对，某些部位就会白洗，甚至会引起感染发炎。

乍一看，这稿子一点毛病没有，贴近生活，具有简明的指导作用。可仔细一想，不对啊，有谁从下往上洗吗？

很多健康类的稿件都是这个毛病，说的是正确的废话。我还在网上看过一篇《怎样做爱能延年益寿》的文章，内容是要讲卫生，不要过频也不要过少，因人而异什么的，也属于片汤话。还好，没拿出《素女经》里采阴补阳那一套来。

这还不算最过分的，最过分的是有一位大爷，手里拿着厚厚一本剪报，来到编辑部投稿。

我接过剪报一看，都是从其他报纸上剪下来的“豆腐块”，各种健康小常识、小窍门，整齐地贴好，每篇文章后面都被大爷一笔一画改了署名。也就是说，大爷要把这些“豆腐块”当成自己的作品拿来发表。我只好耐心地跟他解释，这样做是不行的，这些文章我们不能用。大爷碰了钉子，干脆拿出茶杯，在编辑部坐了下来，准备软磨硬泡。大爷说：“不用那么正经吧，这些文章不都是你抄我我抄你的吗？”

坐了一段时间后，大爷看到我没松口，干脆拿出了杀手锏。他神奇地从手提包里抽出一条骆驼烟，放在了我桌子上。那是一条假烟。当然，就是真的我也不能收。于是，发不发稿的纠缠变成了收不收烟的纠缠。反反复复闹了半天，烟还是被塞回到大爷的包中。

大爷愤怒了，他被我们劝离办公室后，在楼道里高声大喊：“你们是什么破报纸啊？你们就这么对待作者吗？我看你们明天就会倒闭！”

后来处理来稿多了，我发现健康类稿件有两大作者群。一类是像大爷这样闲在家中的退休或无业人员，年纪都不小了，他们东摘西抄，海量投稿，为的是挣几十元的稿费，这样菜钱就有了。还有一类是自由撰稿者，就图写着快，也是为了挣稿费。总之，他们并不真的打算关心健康，只知道这类稿件的需求量，抱着蚂蚁再小也是肉的心态，大批生产，只要有个引人注目的标题（这项工作还往往由编辑代劳）就 OK 了。

我们的健康观就被这样的人左右着。这类文章（或者栏目）虽烂，但总能瞬间神奇地让人的智力降下来，不停地反省自己，感觉自己做错了很多事，简直对自己的身体极度不负责任。它们让人在不断地对自己的否认过程中，日趋混乱。

为什么低质的健康信息总有市场？当然和文化传统有关系。古人是最讲究食疗食补的，呼吸吐纳甚至男女之事，都能扯到养生上去，各种神秘的记载，肯定会潜移默化地影响当代。这几十年，各种大师大神辈出，喝鸡血、养红茶菌、甩手、香功以及各种门派气功你方唱罢我登场，潮流一阵一阵的，当然与这样的文化基础有关。

另一个因素就是生活质量。从理论上来说，合理的饮食结构、足够的休息、适度的锻炼、讲卫生以及轻松的心态，这些具备了，不健康都难。可是——大家做不到啊。年轻人忙着加班和刷夜，年纪大了又要对抗衰老，各种疲惫，所以就想着找更简捷健康的办法，或者力所能及地去改善一些细节。这就是养生市场如此繁荣的原因之一。

健康信息多如牛毛，可如果所有的常识都说尽了，车轱辘话也讲得毫无意趣了，该怎么办？炮制者们还有一招，那就是“颠覆”。把人们原有的健康概念彻底否定，告诉你新的“常识”，而这一点，在食物上表现得最为明显。

比如，我在餐厅里吃过一道“西柠煎软鸡”，好吃，回家就想试着做做。在网上搜出做法，看到要用料酒腌鸡肉，还要使用柠檬、醋和奶粉。这个网页很负责任，把各种原材料对人身体有什么好处都详细说了，但最后又补充了一段：食物是相克的，牛奶不能和水果、醋、酒精一同吃。看完这句，我就凌乱了，这到底是让不让人吃呢？

这就是“颠覆”。

有一段时间，我妈总是叮嘱我，你喜欢熬鸡汤喝，这不健康。鸡汤里都是油，熬好汤，把鸡肉吃了就得了，不要喝汤。这对鸡汤补营养的观念是个颠覆。我问她哪儿看来的，她说是从一位老中医写的书里看到的。

我就纳闷儿了，这书我也看过，可我怎么记得是正相反呢？于是，我把书找来，认真翻阅。真相大白，这本书分上下两册，在上册中，老中医提到喝鸡汤不好，要吃鸡肉。在下册中，老中医又把事情颠覆回来了，他告诉大家，鸡的营养都在汤里，鸡肉就像熬中药剩下的药渣，所以，应该喝鸡汤，鸡肉倒掉就好。

看，整本书都不能信了，甚至这个人，都没法信，随口就来啊。

中医这样，西医呢？

说个简单的吧。体检了几十年了，每年都有量身高这一项。我这身高挺神奇，有时候 1.75 米，有时候 1.71 米，每年数据都不一样，忽高忽低。我想是有时候头抬高了，有时候有点哈腰，或者量尺有误差，但都在可理解的范围之内。然而有一次我被颠覆了。那一次，体检中心用了先进的电子量尺，人一上去，啪嗒一闪，身高就测出来了。我一瞧，只有 1.63 米。

看着医生把数字填在表上，我提出质疑："大夫，您瞧我，不止这么点吧？"

大夫打量了我一眼，笑着说："不服不行啊，你得相信科学。"

这颠覆够大吧？还只是个开始。到了隔壁，测骨密度，我又被上课了。

测骨密度很简单，就是把手放到一个类似扫描仪的机器上，扫一下，数据就出来了。我是头一次测骨密度，大夫看着数据说："你这是骨质疏松啊。你这骨头和 70 岁没区别啊。"

我大惊："怎么会？"

大夫问："你爱喝酒吧？"

我答："偶尔，不常喝。"

"那你爱喝可乐雪碧。"

"不爱喝。"

"那就是总喝咖啡。"

"从不喝咖啡啊。"

大夫想了想，说："你喝茶吧？"

我点头。

"没错，就是喝茶喝的。茶是酸性的你知道吗？直接让钙质流失。别喝茶了，多吃点钙片吧。"

我当时被颠覆得目瞪口呆。我打小就被教育，茶是碱性，到了今天怎么突然就变酸性了？后来我上网去搜，答案可真是五花八门，有人说茶叶是碱性，泡出茶水就是酸性的。有人说要是铁观音普洱是碱性，绿茶就是酸性……总之，搜了比不搜还混乱。

那天给我印象最深的，是体检之后回到单位，同事老周站在楼道里端着他的茶杯。老周和我是茶友，经常在楼道里边喝茶边聊几句，还互相借过茶叶，可这回，他杯子里装的是白水。

我一看就乐了，问他："大夫说你骨质疏松了吧？骨头跟 70 岁的人似的。"

老周说："对呀，他也这么说你了？"

然后，我们俩就在楼道里，呵呵地笑了起来。

人类还能战胜烟草吗？

北京市人大又在讨论控烟条例了。讨论的焦点，还是哪儿能抽烟哪儿不能抽烟。媒体解读，带顶儿的地方不能抽，其实不准确，准确的表述是——“在不给他人造成烟草烟雾侵害的前提下，对室内工作场所，进行分类管理。”换句话说，带顶的地方可能还是有吸烟室的，前提是不让非吸烟者闻味儿。但体育场所、教育场所和医疗机构的妇幼保健类，不光室内，不带顶的地方也不能抽。有人群排队的地方，即便是露天，吸烟也算违规。

看上去，控烟确实是一场拉锯战。

其实人类全球性迷恋烟草的历史算不得很长，也就是从 16 世纪前后开始的。比较通行的说法，烟草种植和使用起源于南美，经过漫长的时间扩展到中北美。后来由殖民者带到欧洲，再通过战争或贸易的形式传向印度及东南亚，最后来到中国，时间大约在明朝后期，比辣椒还早。有意思的是，从烟草被人类迷恋开始，各种形式的反烟运动就存在。烟草在全球扩散风靡只用了一百多年，但反烟折腾了四五百年，进展却十分缓慢。真是烟来如山倒，烟去如抽丝。

明朝张岱在《陶庵梦忆》里讲到烟草普及的迅猛程度：“余少时不识烟草为何物，十年之内，老壮童稚、妇人女子无不吃烟。大街小巷尽摆烟桌，此草妖也。”

在中国，第一个主张禁烟的是崇祯皇帝，他禁烟倒不是因为吸烟有害健康，而是因为“烟”与“燕”同音，“吃烟”预兆着首都难保。于是下达了迄今来看都最为严酷的禁烟令，吸烟者一律处死。这条命令如果严格执行，死人就太多了，私下种植、贩烟、抽烟的人有的是，崇祯皇帝的禁令成了无法执行的摆设，最后只好作罢。

在山海关的另一边，皇太极也在禁烟。不过，他只禁老百姓的烟，王公大臣随便抽。原因呢？“朕所以禁止用烟者，或有穷乏之家，其仆人皆穷乏无衣，犹买烟自用，故禁之耳。”瞧，他是担心老百姓买烟乱花钱，弄得穷上加穷，境界倒是比崇祯要高不少。

当然，这么禁也是禁不住的。所谓上行下效，王公大臣们本来就有示范效应，老百姓哪儿忍得住啊？后来，皇太极只好又下令，把禁烟令给废了。

到了后来的康熙、雍正、乾隆三朝，皇帝们都不吸烟，甚至很讨厌吸烟，却都是疯狂的烟具收藏者，热爱攒鼻烟壶。当然了，大臣们吸烟的可不少，比较著名的是纪大烟袋纪晓岚。到了晚清，光绪皇帝就吸烟了，他喜欢的是鼻烟和水烟（见[日本]川床邦夫《中国烟草的世界》）。

康熙年间的礼部尚书韩菼，就是位烟鬼加酒鬼，即便办公，也是“酒杯烟筒不离于手”。《分甘余话》记载，有一次同事开玩笑：“您这是又要鱼又要熊掌啊。要是有一天，您必须得戒掉一样，您准备戒什么呢？”韩菼居然沉思良久，最后说：“戒酒。”

总之，在皇太极禁烟之后，皇帝们对吸烟逐步宽容起来，别人抽不抽基本不管，顶多闻完臣子们的二手烟后吐个槽。尤其道光以后，都忙禁鸦片了，烟草更不太上心。

在欧洲，对烟草的抵制更加浮皮潦草。16世纪，法国驻葡萄牙里斯本的外交官让·尼古特·德·维耶曼，把烟草献给了法国王后，从此烟草就有了“王后草”的美名（尼古特也因此留名，烟草中的重要成分尼古丁就来自他的名字）。后来，烟草一发而不可收。18世纪，西班牙塞维利亚的教会曾禁止教徒吸烟，因为很多人在做弥撒时也忍不住点上烟袋，让教皇深恶痛绝。这个规矩坚持了80多年，最后也放弃了。法国国王路易十四的御医曾写过一篇《频繁吸烟是否会大为折寿》，结果是他的同事在介绍这个著作时，遭到了医生同行的嘲讽：“在您诽谤这种非凡的植物时，您的鼻子里恐怕还塞着刚吸完的烟草末吧？”

那时候的医生大多数是把烟草当成有效治疗疾病的药物开

给病人的。因为它能提神并且使人集中精力，军队里也开始配备烟草。不吸烟的路易十四向每名法国士兵派发了烟斗、火机和烟丝，1734 年还正式明确军队每人每月发半公斤烟草。直到一战时期，烟草都是和弹药一样重要的军需品，尤其是天黑的时候，士兵们宁可冒着被敌人击中的危险，也要点上一袋烟。二战时期就更不用说了，美国大兵把美国的烟卷带到欧洲，让欧洲人如醉如痴。丘吉尔和艾森豪威尔，更是雪茄烟斗，什么猛来什么。可以这么说，在许多国家，军队都是烟草最大的传播者。

医学界真正对烟草毒性进行研究始于 19 世纪。在比利时，一名残疾人被人强行灌入尼古丁而死，使得尼古丁有害的形象猛然传播开来。接下来，有医生提出“烟草中毒”的概念。1868 年，法国第一个禁烟组织成立并得到官方承认，但没几年就分崩离析。同时，英国、北美也有类似的组织出现，他们大多由医学或者宗教人士倡导，最大的成就是督促一些地方限制烟草的销售，比如立法禁止销售给未成年人。

正在他们准备再进一步的时候，一战爆发了，没人再听他们的劝，烟草又火了（见 [法国] 迪迪埃•努里松《烟火撩人：香烟的历史》）。

到了 20 世纪中期，反烟运动再一次进入高潮。一方面是因为医学发达，烟草的多种危害被提出，另一方面也是因为有卫生组织和政府加入，使得反烟运动成为风潮。只是反烟运动面临的对手过于强大，他们是成千上万的吸烟者、经济实力强大的烟草公司以及吸烟者对尼古丁的依赖。

烟草就是这么一个古怪的东西。几百年前，全人类以最热情的姿态拥抱了它，可当发现烟草“有害”之时，对它的依赖已经无法摆脱。很多政治家、艺术家和企业家都对烟草情有独钟，又起到了吸烟的示范作用。政府也是纠结而尴尬，一方面迫于压力要有禁烟姿态，另一方面却不敢也不愿打破香烟的产业链，因为有更多的人依靠这个产业生活，而政府还可以以控烟为名，名正言顺地收取高额的销售税，赚上一大笔收入。

可以想见的是，人们与烟草的斗争会长久地持续下去，不可能一个条例就完事。看看反烟的历史就会知道，还没有一次反烟运动以胜利告终。这个过程也许还需要几十年，乃至上百年。一蹴而就是最愚蠢的想法。

唯一需要提醒的是，即便是吸烟者，也不该被视为另类、敌人予以打压，不该站在道德制高点上予以批判。他们也是劳动者，也是社会财富的创造者，同时更是烟草的受害人。对吸烟者提供及时有效的帮助最重要，一说禁烟就疯狂制造对立情绪，于事无补。

“史上最严”禁住了什么

北京市已经通过了“史上最严”的禁烟条例，2015 年 6 月实施。国版的禁烟条例也在国务院的审核过程中。圣诞节的前两天，12 月 23 日，世界卫生组织驻华代表施贺德再次公开对中国的禁烟条例表示赞扬。这已经不是他第一次表态了。从 2006 年起中国加入《世界卫生组织烟草控制框架公约》后，中国终于有了一些严厉的措施，希望把吸烟行为压制下去。

但我看到北京市最后通过的条例，以及国务院正在审核的国版条例草案，却有点失望，感觉缺了点东西。

吸烟不好，众所周知。吸烟惹人讨厌的地方有很多，比如让他人被动吸二手烟，比如乱丢烟蒂和烟盒。所以，一定要搞清楚禁烟的活动、禁烟法律法规的目的是什么。终极目的当然是减少吸烟者的数量，但要达到这个终极目的，不可能一蹴而就，必须分多步走。这个过程包括杜绝青少年沾染烟草，让吸烟者在吸烟时与非吸烟者隔离开来，以及帮助吸烟者最终戒除烟瘾。而这些都必须要做长久的耐心的工作，并非“大快人心”式的禁止和罚款就能达到。我们通过的条例，缺的就是这点耐心，就是对过程的认识。

亚洲禁烟最严格的地方，一个是香港，一个是新加坡。看这次的条例，估计是直奔这两个地方的水准了。香港自不必说，所有带盖带顶的地方都不可吸烟，甚至露天的地方也不能随便抽。但香港有个特点，那就是很快能找到可以吸烟的地方——路边的带烟灰缸的垃圾桶。新加坡也是如此，比如曾被评为全球十佳机场之首的樟宜机场，以前只有一个露天平台上可以吸烟，现在设置了一些吸烟室，这些吸烟室都有独立排风系统和双重隔离门，外边根本闻不到里边的味道。

换句话说，你可以以法律法规的形式，告诉大家哪里不能吸烟，违反了法律法规则必须重罚。但也必须告诉人们，在哪里吸烟是合法的，是可以不受干涉的。仅仅用了“堵”的办法，不给出口，就好比禁止随地大小便，结果却连公共厕所都取缔了一样，最后势必会导致违法行为的产生——因为守法将产生痛苦。

这次北京市讨论条例，曾经出现了一个反复。9月份二审的时候，曾经有人提出过“循序渐进”，例如在酒店客房、机场等地方，设立吸烟区域。从媒体报道来看，这个意见当时占了上风，因为能“平衡不同群体的权利，在不影响他人的前提下适度放开一些吸烟的范围，以保证立法的公正和可操作性”。但不知道为什么，最后这个有意义的提法被抹掉了。如果说原因的话，可能是因为《烟草控制框架公约》里有要求。但世卫组织也不是神仙，它的要求怎么可能是百分百正确呢？更何况，世卫组织也没有明确要求一步达标。

如果一个烟民无法一夜之间戒除烟瘾的话，他预定酒店房间时，就可以说明要可吸烟的房间。要是连这个选择都没有了，他只能冒着违法的风险在房间里吸烟，要么就忍受痛苦和麻烦跑到街上去吸烟。或者干脆，他选择不出门，与这个世界隔离。最要命的是，一旦违法，谁来执法呢？谁能想象半夜三更爱卫会的执法队到客房里向吸烟者罚款？同样，在机场一旦发生飞机晚点或者延误，对于吸烟群体来说就是极为痛苦的事情。而在国内，延误和晚点是经常发生的，因此而产生的投诉一直占民航系统投诉比例的大头。这个时候，守法就是件极其痛苦的事情。

按理说，在医院的区域，无论是否露天，都不能吸烟。不过有一个问题不能忽视，那就是住院区域。几年前，我父亲因手术住院，需要家属的看护。大家都知道，至少现在，在医院里看护重症病人，护工是不靠谱的，必须有家属在旁边盯着。我和我弟弟轮流看护，不敢合眼，但白天依旧需要工作。这种辛苦几乎每一个病人家属都能体会。到了半夜，医院的厕所里总有人来吸烟，因为不提提神人就会昏睡过去，那么病人出现危险则无法发现，更何况还承担着巨大的心理压力。这样的特殊状况，在发达地区和国家是难以见到的。

凡此种种，都是细节，但都需要考虑。考虑不细，那么守法的吸烟者就会忍不住违法。单靠执法者监督则需要耗费大量的人力物力，授权给他人则需要法律的允许。一旦执法不严，那么法律法规将形同虚设。这就是我的失望所在——激进，没有考虑到实际情况，没有考虑到具体操作，一味迎合世卫组织，梦想一步到位。这么做最后的结果，很有可能是有法等于无法，目的依旧达不到，然后被迫倒退。

另外带来的一个社会问题是，引发吸烟者和非吸烟者的对立，吸烟者将不可避免地受到歧视。事实上，某些参与立法的人就怀有歧视，认为吸烟者品质低下，不顾及他人感受。但这些人只是一部分。我认识的吸烟者，大多在公共场合是很注意的，是守法公民，人品与智力均与不吸烟者相当。他们的诉求也应当给予一定的考虑。

比如，吸烟者在购买香烟的时候，是付出了大量的税款的（而且香烟消费税还会提高），那么，这笔税款里的一部分，就应该拿出来给吸烟者用于医疗，来戒除香烟。禁烟推行力度很大的法国，就会给吸烟者这笔补助，纳入医疗保险。这也是可以做到的，它能有效地引导人们戒烟。

对于即将实施的禁烟条例，无论京版还是国版，内容大多都是对的，比如禁止在教育机构吸烟和出售香烟，比如禁止做香烟广告，在香烟包装上扩大警示面积，等等。但只禁不疏、急于求成的态度，还是让人起疑心。

曾经和一位老师讨论国内外法律的区别。他说，虽然条文都差不多，但国外是守法者生活得舒服，国内则是守法者很辛苦，这就是区别。

当然，这里说的不仅仅是禁烟。

最后还要说明的是，如果真的下决心减少烟草消费，还要摆脱对烟草产业的依赖。烟草是税收大户，而且从业人数巨多，怎么转型，怎么调整，都该考虑了。一个社会，不能一面享受着烟草产业的收益，一面又压制歧视吸烟者，这么做至少是不真诚的。而且别忘了，促使从业者转型，也是世卫组织《烟草控制框架公约》的要求。

北漂十年，就为了吃个炒饼？

一直纳闷，“上班”这种组织劳动的形式，为什么没被人们当成个发明。大概从工业文明开始，它就存在了吧？

上班，就是让人在指定时间到指定地点去工作，老板对工作的时限以及成果都有规定，劳动者在这个游戏规则下获取报酬，满足生活需求。一个老板之所以能对其他人发号施令，原因是他有钱，有资本，肯付报酬。这个马克思说了很多。说这是剥削，我也觉得对，但也不全对。毕竟很多人是依赖这个剥削的。比如，突然叫一个人不上班了，他没收入了，心里不发慌才见鬼。对于大多数人来讲，上班是个基本需求，它意味着稳定的生活，以及未来结婚、生育、教育、医疗、养老等诸多保障。所以富士康才很有底气地说，是工人要求加班的——换句话说，是工人要求被剥削的。

问题是，人们为上班是不是付出了太多的代价？每天体力和精力最充沛的 8 小时，以及一生中最美好的青壮年时期；周而复始的生活节奏，各种交通拥堵，漫长的上下班路途，客户的刁蛮以及上司的不近人情；指纹打卡，甚至脸型识别，还有不计其数的加班，对休息时间随意地侵蚀，对假日无视。除非一个人特别热爱自己的工作，把工作和兴趣结合到了一起，否则，他退休时回顾一生，很有可能觉得遗憾。这不是为吃喝而活着吗？可惜，能像打了鸡血一样上班的，毕竟是少数。

我有一位朋友，是个北漂，20 多岁时来到北京，生活很苦，每天的午饭就是一盘炒饼。炒饼吃了十多年，人已经 30 多岁了，是业务骨干，但依旧没能买房。当然，她希望午饭能有所改善。可单位搬到了郊区，商业不发达，楼下的小饭馆，能天天吃的还是炒饼。她曾经跟我吐槽：“瞧，合着我就是来北京吃炒饼的。”细思极恐，折腾掉那么多美好时光，换了个吃炒饼，冤不冤？

前几天去苏州，正好住在观前街附近，就顺便去玄妙观里转了转。给我印象最深的不是香火鼎盛，不是道观里怎么会出个观音庙，而是角落里的一块碑。这块碑叫“永禁机匠叫歇碑”，是清朝的，大意是宣布织工机匠帮会（也就是后来的工会）的罢工行为是非法的，永远禁止。其实“叫歇”早在明朝就开始了，上班的人们一“叫歇”，老板就得加钱。但雍正年间一次大规模的“叫歇”，据说惊动了皇帝，于是有了这块碑，由长洲县颁布，相当于现在的条例。所不同的，后面还有很多人署名，显然是经过讨论一致拥护的，其实这些签名的人都是老板乡绅，不代表劳动人民。这块碑，应该是最早的上班族和老板较劲的见证了。

现代人的选择多，不是非此即彼斗个你死我活，而是有许多可以商量的地方。比如如果觉得太辛苦，可以和老板商量加钱，也可以和政府讨论减税或者增加福利，甚至可以讨论增加假期。讨价还价的砝码多了，看上去问题就会好解决。昨天（3月25日）恰逢国务院宣布实行五天工作制20周年，某网站搞了个调查，问大伙是否愿意实行四天工作制，结果超过87%的人支持。这说明大家在希望少交个税、增加收入和福利的同时，还希望多休假，可以看作上班族的一个诉求。

当然，很多人也提出，连五天工作制还不能完全落实呢，连带薪休假还不到位呢，谈四天工作制是个奢求。确实有很多老板都要求员工上6天班，甚至还欠薪。但已有的法律法规要落实，并不妨碍人们去追求新的福利。很多以前看起来不太现实的东西，不都实现了吗？比如出国旅游、生两个孩子和拥有私人住宅与汽车，等等。

不过，谈加薪也好，谈增加假期也好，是有条件的。一是经济繁荣，老板付得起这个代价；二是劳动力短缺，这个活儿除了你，别人干不好。如果你走了还有人干，甚至有人愿意以更低的条件干，那就啥也别说了，等着国家管吧。

其实也不是啥也不能说，还是有办法的——可以不干。不上班，回家歇着，想干吗干吗。

最近天涯论坛上就出了个帖子，一对上海夫妻，年龄 40 岁上下，通过前十几年的积累，有了 3 套房子，150 万现金，50 万股票。于是他们不上班了，也不打算要孩子，整天看看股票看看电视剧，悠然自得地活着。贴主说，这么生活的好处就是不累，不用看老板脸色，不用着急挤公交赶路，不用和别人比较，不会有压力。他们还去许多城市旅游转过，这就是活着的意义，自己觉得好，就是很好。

许多人羡慕，也有许多人质疑，这样岂不是会被社会抛下？但不被抛下又有什么意义呢？贴主觉得那些没被抛下的人，未必能攒下钱来，未必有自己过得幸福。

要我说，这对夫妻的资产还可以再盘活些，多出的房子可以出租，现金流也可以投资，最简单的多买点理财，这样在家里也有收入，还能花得再多些，看看话剧什么的。但如果觉得那样累，也就算了。

这么一想，就会豁然开朗了。人活着，不只有上班一个选择，完全可以不上班啊，尤其是那些有了一定积累（注意一定要有积累），吃腻了炒饼的人们。何必非要等组织给你放假呢？

这对夫妻立刻让我想起了另外一对最近比较活跃的夫妻，男的叫咏哥，女的叫闪闪，他们也是我的朋友，早年在北京开酒吧，有点钱了，把酒吧卖掉，弄辆汽车，全国自驾游去了，玩了几年，不亦乐乎。钱花得差不多了，又在三亚开了个酒吧，接着攒了些钱，然后依旧卖掉酒吧，全世界自驾游，在美洲待了一年多，刚回来。难得的是夫妻俩志同道合，都觉得这种生活方式最适合自己，也都觉得自己比大多数人生活得更加快乐充实。自己觉得一生没虚度，看到了许多别人看不到的风景，挺好。

上班是活着的一种手段，但并不是活着的目的——当然，要是决定回家，还是要冲破许多阻碍的，仍然有很多人觉得不上班是寄生虫，就像不结婚、不生孩子一样，都觉得是不负责任的表现。其实，只要想明白了一点就可以冲破这个阻碍，人活着图什么？不是图谁带的妞漂亮，谁住的宅子豪华，谁能前呼后拥颐指气使，图的是谁舒坦，谁不操心。所有的辛苦和原始积累，不都该是为了这个吗？要允许自己按自己的意愿活着。

不过，并不是鼓励大家都不上班，都回家待着去，那样没人生产，谁都赚不了钱，咱们这里就快成希腊了。在没有足够积蓄的情况下，该做什么还得做。也有人愿意上一辈子班的，完全可以。尽管有一部分人天马行空，可他们也不是人人学习的标版。只要按照自己内心的想法活，怎么活都是自己的事。只是，在上班的时候，真要多想想自己，自己的权益还是要多争取。

谁变成蝎子都蜇人

没想到 40 多岁，还遇到了欠稿费不给的恶心事。

十几年来，我一直给某杂志写稿子，稿费不算高，但给我家猫买猫粮也够了。杂志的主编是我的好朋友，我也办过杂志，知道他的辛苦。我想，能坚持这么长时间写一个专栏，说明彼此都是认可和欣赏的，各自有收获，钱就不算是最重要的事情了。

但事情在去年有了变化。杂志的主办单位决定收回杂志，朋友和他的班子集体离职。

离职前，朋友给我打了电话，反复叮嘱，还有几期的稿费没有支付。他给了我后续负责人的电话，说所有稿费单子都已做好上交，等待批准，要我找她把稿费要回来。

我说，算了吧，要稿费是很麻烦的事情。他说，那怎么能行，虽然不多，也有几千元钱。劳动所得，该要还是得要。

于是打了电话。负责善后的女士听清楚我是谁，很客气地说稿费单子都在，但领导出差，没人签字，要我过一阵再联系。

然后，就没有然后了。过了一阵再打，座机、手机都没人接听。后来没办法，发短信问，那边给的回复是：稿费单子早已上交，但领导就是没签字，我也没办法，现在杂志已经交由他人承办，我已经不管这件事情了，爱莫能助。她给了我一个新的座机号，说这是现在负责人的电话——当然，如我所料，依旧是无人接听。

我想，要稿费的不止我一个人，若干期稿费加起来，也未必是个小数目，人家这是铁了心，要把这笔钱赖掉了。

这不是唯一的一次。两年前，有一家出版社，出了我的书，而且加印了，但编辑也是离职，加印的版税就一直未支付。反复打电话催问也没有结果，就是个拖字。终于急了，找律师发了律师函，结果一周之内钱就给了。不是不能给，就是不想给。

可这次又有不同，因为给报刊写稿，基本没有合同这回事，律师函都没法发。作者和编辑，大多是口头约定。我想，很多作者都遇到过这样的事，稿费拖欠，负责人变化，找不到解决问题的途径，最后不了了之。有一次在网上跟一个在美国的朋友聊，她说，找律师打官司啊，不过要是没合同，那就赖你自己了。当时很无语，在美国待久了，思维就是不一样。

中国很多的事，都是约定俗成的。约作者写专栏，要签合同，也是这两年才开始的。但大多数媒体还没有这个习惯，大家遵守的是无文字的行业规则，有人写稿有人发钱，天经地义。

这也就注定了一方会破坏规则，最终另一方吃亏。比如我还知道，有电视剧的编剧，被“制片方”叫去开了大量的策划会，写了诸多人物、故事构想，一稿又一稿，耗费了大量时间精力，“制片方”也是种种理由不签合同，最后电视剧真正启动了，没他事了，自己的创意还被用在剧中。没钱也就算了，还赔了时间，朋友也没的做，这也是恶心。

稿费的事，毕竟还是小事，黑社会的事，就是大事了。

好多年以前，我去一家超市买东西，那天盆盆碗碗一大堆，推着小车摇摇晃晃，恰巧又是周末，天近黄昏，结账的人特别多。排在我前边的一个胖阿姨正在数零钱，突然冲过来几个小伙子，把胖阿姨一下就挤到旁边，东西直接搁收银台上，吓得胖阿姨钱都掉了。我实在看不过眼，隔着胖阿姨拍拍其中一个的肩膀，说大家都排队呢。没想到这哥们儿瞪着眼睛问我：“干你屁事啊？”接下来，几个小伙子都回过了头，呈半圆形把我围上了。

胖阿姨闪在一旁，不敢吭声，吓傻了。我看看周围，大家都左顾右盼，好像啥都没发生一样。

还是收银员解了围，赶紧说：“行了行了，先给你们结。”

那几个小伙子骂骂咧咧结了账，估计是觉得有人敢“干扰”他们加塞儿气不过吧，都没走，而是全跑到超市大门外等着我。等我拎着大包小包出来，他们又一次把我围上了，还问我：“你特别爱管闲事是吧？”

其实我想跟他们说，这不是闲事，你们加塞儿是碍着我的事了。可当时我真𡒄了，要动起手来，我打不过他们，而且东西钱包手机啥的，将无一幸免，我自己也得受伤，于是话到嘴边，变成了：“不都让你们先结账了吗？”

就这样，几个人闪开了一条路，我走到了停车场，放东西，上车。关门上锁的一刹那，我看见他们依旧在停车场的角落里，一直盯着我的车开走。

之后，我再没去过那家超市。那是北京三环以内的大超市，人来人往，但我觉得那里太不安全。事情过去十多年了，我原以为类似的事情现在不会发生了，没想到后来又看到了北京地铁天通苑北站黑社会收保护费的事情。那是我经常要路过的地方。我特别理解那些被迫交摊位费的小贩，他们心中的公正感、安全感，按照规则做生意的小期待，都被屈辱感所取代了。有组织地对规则的破坏，比个人的威力要大得多。

凡此种种，要说起来真是没完没了。缺乏规则意识，以破坏规则为荣耀、认为破坏规则是豪强手段，甚至让公众对其崇拜、羡慕，成为消灭所有人安全感的杀手。想想看，生活在一个处处都缺乏规则的地方，谁能保证自己的利益不受侵害呢？

几乎每个人都有过被这样那样不讲规矩坑害的经历吧？或大或小，总是有的。要是都守规则，现在住着别墅，开着豪车的，没准就是勤劳的你了。

再来说说最近关心的天津滨海爆炸事故。这一炸，把消防队员、附近居民以及在货场放货的那些企业，都炸惨了，这还只是直接的。间接的，一些官员，以及保险公司，还有周边乃至全国的很多人，都被炸得心里打鼓。我想，从穷人到富人，各个阶层，都体会到其中深深的不安全感。谁知道自己奋斗了一辈子积攒下来的财富甚至生命，什么时候，一瞬间就化为乌有了呢？

事故的根本原因，还需要调查，不过从已经报道出的信息来看，不守规则是主要原因。涉事的瑞海公司设立危险品仓库的安评报告，很可能是通过与消防部门有合作的中介拿到的（2015 年 8 月 20 日《中国青年报》）。于是，距离居民楼 600 米的危险品仓库就这么出现了。这中间谁破坏的规则、怎么破坏的规则还不知道，但破坏规则这个主因是存在的。

对于一个生活在北京的人来说，尚不能一下从爆炸事故中感到直接的不安，但联想到另一条新闻，不安就会加剧了。

在爆炸事故发生的前一周，8 月 5 日，北京的媒体都报道了一条消息：北京市消防科学研究所原所长原震，与下属单位质监站原副站长王明皓合伙，5 年间从合作单位手里要回扣等，贪污、受贿 3000 多万元。他们在收取相关公司钱款后，竟然对未送检的产品直接出了检测报告。

法院以贪污罪、受贿罪判处原震无期徒刑，判处王明皓有期徒刑20年。

这也是一起对规则的破坏。所幸查出来了，破坏者得到法律惩罚。这就是埋在身边的隐患。

不安全感如此强烈地到来，人们都在口诛笔伐那些破坏规则的人。但有一个问题：如果一个破坏规则的机会摆在面前，比如你是瑞海的老总，面对巨大的利益，会收手不干吗?

谁都无法保证。在利益面前，恐怕人的意志力是相当薄弱的，如果没有强大的道德感，没有一个机制在消灭那些破坏规则的机会。所谓“谁变成蝎子都蜇人”。

就比如一个路口堵车，许多车不顾一切变道、逆行往前冲加塞儿一样，规规矩矩排队的车，总会被耽搁更长的时间。

因为那些破坏规则的人，没有得到相应的惩罚，反而屡屡成功，也就没什么顾忌，破坏成了一种习惯。

社会整体无规则意识，那么，每个人都可能是破坏者，每个人也都可能没有安全感，成为受害者。今天在路上你占了便宜，明天在别的什么地方，你会被别人“抢夺”。这种事情蔓延开来，社会秩序就会慢慢崩溃，什么事情都做不成了。

十几年前，我曾经陪单位的领导去向一个老板拉赞助。在签定合同的时候，那个老板笑嘻嘻地说了一句让我特别震撼的话：“合同是合同，生意是生意。”

这么多年过去了，没人再认为这句话正确。但契约精神、规则意识，却依旧没有深入人心，某些地方还倒退，以致酿成大祸。这都是让人悲哀和无望的地方。

有一次，我因为要办急事，必须在高峰期出门去坐地铁。在换乘站，人如潮涌，大多数人都在排队。车进站开门，大家依次而上，上不去的就等下一辆。这时候，有个穿着相当时尚的“小鲜肉”，头上戴着很大的耳机，突然冲进队伍，在别人前面挤进了地铁。

车门关上了，让我难忘的是，他面向窗外，看着排队的我们，脸上露出了胜利的微笑，头还随着节奏晃了一下。是的，没有愧疚，只有得意。他的年轻和嘚瑟让人绝望。

黑车、专车、出租车

我家在郊区，距离机场 19 公里（1 号和 2 号航站楼），看上去很方便，不堵车的话，开车 20 分钟即到，即便堵车，40 分钟也差不多了。有时候我会和次日赶早班飞机的朋友说，住到我家来吧，睡醒我送你去机场，很方便的。

但是轮到我自己，就不方便了。机场的停车费很贵，如果出门，在那里停上几天车，费用可能比打折机票还多。但不开车还有什么办法呢？打车的话，极其不便，因为出租车很少，有一次用滴滴叫车，竟然无人应答。

以前，是有机场大巴从附近路过的，扛着包走上一里地，有个大巴站。但不知道为什么，后来这站取消了。眼睁睁看着大巴从面前过，人家就是不拉你。

只好选择黑车了。大巴不停之后，黑车行情看涨，以前去趟机场五六十元，现在能要到一百元。而且，黑车对我住的小区是另眼相看的，总要比周边小区多要一二十元。也许是因为我们小区的大门开在另外一条路上，比其他小区更显得孤僻。

从机场回来就更瞎了。坐出租车，司机总是沉着脸，好像是我做错了事。也难怪，人家在机场等了好几个小时的活儿，拉你 19 公里，总共几十元钱，这一天算是赔了。有时候我想给人家加钱，但一瞧对方鼻子不是鼻子脸不是脸的，也就算了。活儿总是有肥有瘦的。就像我，写篇稿上千的稿费有，几十元甚至不给稿费的也有。这能怨编辑吗？

后来，我决定放弃出租车，从车场回家就坐机场大巴，坐到一个地方，下车，再打车。总之，这 19 公里的路在我来说，麻烦重重，视为畏途，每次出门回家都颇费周章。住得离机场近真是个罪过。

春节假期，在网上看到了打折机票，计划飞上海改乘动车去苏州，正好那里有个我关心的展览，就想去看看。订机票的时候网站提醒，加 1 元钱还可以享受一次专车送机，我想都没想就加上了。到了约定的时间，专车司机曹师傅打来电话，已经在小区门口等我了。一路上和曹师傅聊，他说他就住在我家附近，春节没啥事，就接活儿了。他也是刚开始干这行，连去公司的路都不太清楚，去过一次，第二次再去，就迷路了，绕了好大的圈子。

曹师傅的车是东风日产骊威。这不是高档车，但也不便宜，曹师傅估算，这一趟正常收费的话，不会超过 70 元，已经彻底从价格上把黑车打败了，更别提安全了，因为网站同时还附送了安心意外险，上车生效。

再说说苏州。在去苏州的动车上，我又意识到了问题：到达苏州已经快夜里 11 点了，公交车和地铁都快没车了，赶不上末班车，怎么去酒店呢？然后，我就看到前面椅背上挂着一个广告，是专车，有二维码有电话，而且特别注明，第一次下单赠送 50 元代金券，也就是说，我使用专车费用在 50 元之内的，是不用花钱的。

火车上网络不稳定，扫了半天码没成功，干脆打电话过去。订了车，没多会儿，信息就回来了，黄师傅，别克 GL8，好车啊。这时候离火车到站，只有几分钟。

下了火车，跟黄师傅通了电话，在停车场出口等到了他。上车时，他还特地问了我手机号末尾 4 位数核实了客人，上车后，他提醒我看下表上的公里数，而且打开了导航，按照导航路线行车，能看出有一套规范程序。到了酒店门口，车特别多，钻进去不好出来，我说就别开进去了，我走两步得了。黄师傅说，那怎么行，要送到门口的，然后执着地把车开了进去，停车后又报一次公里数，以及费用价格。

这一次，我彻底对专车有了好感。这些细节都让人感觉到前所未有的舒适和满意。这是我之前出门从来没感受到的。

黄师傅还告诉我，他们公司正在搞活动，充值 100 元赠送 100 元，如果还想用专车的话，现在充值是很划算的。

我就上网注册充值了，顺便订下两天后的专车——回北京的航班落地时间是夜里 11 点半，没有大巴，要是没专车，我要么打车遭埋怨，要么就得走回家了。

信息迅速回来：郝师傅，丰田凯美瑞。

但临行的时候，还是出了问题。飞机航班晚点，起飞要推迟两个小时。也就是说，到达北京的时间是夜里 1 点多。我只好给郝师傅打电话，问这单活还能接吗？

他说能接：我先休息会儿，你下飞机联系我。

到了北京的机场，我站在到港出口等郝师傅。天黑，车又多，彼此不容易看见，又不能长时间停车，我的手机还出了毛病，无法打电话接电话。郝师傅就开着车一圈一圈转，直到我看到他的车牌招呼他。郝师傅西装革履，彬彬有礼，和传说中的专车司机完全一样。我就这样顺利地回家了——费用是 85 元，上网看账户，除去这 85 元，还剩下 115 元，合着我还赚了 15 元。

我想，即便以后没有这样的优惠，需要车的时候，该用专车还是会用的。例如我的父母都老了，他们有时候需要去医院，都靠我和亲属开车去，如果遇到限号就麻烦，要么得换人，要么得换车。但有专车使用的话，就没这个麻烦了。

还有外出喝酒，有次我和朋友喝酒晚了，出门打了个黑车，那车有顶灯和计价器，半夜真分不出真假来，结果付款的时候钱被掉了包，第二天才发现换了张假币回来。现在这种担心也没有了。

各个公司派出专车的办法不太一样，有的像用软件打车一样，发出任务，靠司机自己抢单，有的则是公司指派，但大都可以自己选择车型，人多可选择大车，人少的话就是小车。服务和态度则与出租车完全不在一个档次上。最有意思的是付款方式——根本不用现场支付。下车的时候，司机会报公里数和费用，有异议的话，直接与专车网站交涉，如两小时内无交涉，则系统自动从账户内扣款。钱不够了，用户可以用网络支付平台充值。

作为一个需要用车的人，从今以后，可以说基本能摆脱对黑车的依赖了，对出租车的依赖也大幅减少。很多人还在怀疑，滴滴和快的合并后会不会产生垄断——我现在一点怀疑都没有，一旦产生垄断，那么专车的春天就会立刻到来。就算专车产生垄断也不要紧，因为还会有新的运营方式出现，方法会层出不穷。这一切的动力，都来自于市场的需求和技术的进步。当手机上网日趋普遍，电子支付平台日趋发达，人们的各种需求都有可能被开发者研究、被投资者重视。这就是现代化的好处，技术和资金将有更多人分享，并且真能获得回报。

至于出租车行业内部的改革，我相信不久后也会到来。不是涨价，因为专车留给出租车的涨价空间并不多，而是那种伤筋动骨式的、重新划分利益分配格局的变化。政府对黑车屡禁不绝，对出租车改革无可奈何，这些都可能在今后顺理成章、水到渠成地解决。市场和技术的力量是真正强大的，无论因为懒惰或别的什么原因去阻滞它，最终会让自己走进死路，这就是传说中的“倒逼”。

海龙，一张被洗掉的牌

我买东西，很少有跟人讨价还价的。差个三毛五毛，十块八块，不计较，大家都不容易，没必要那么较真。

只有两次，是真正的“砍价”。一次是某年冬天在豹房旧货市场（已拆除）买一个麻将桌，卖家要价 115 元，可我邻居 90 元买的同款。所以，我要把邻居比下去，就必须 85 元到手。于是，我和卖家在寒风中地对峙了将近两个小时，我甚至跟他讲了正德皇帝在豹房藏姑娘的历史。最后，卖家小伙子流着鼻涕说，大哥你把桌子拿走吧，爱给多少钱就给多少钱吧。于是，我流着鼻涕，兴高采烈地把桌子扛走了。

其实，买麻将桌是最忌讳砍价的。我在这张麻将桌上就没赢过，几年下去输的钱买几百张麻将桌都够了。最后搬家，麻将桌干脆送了人。

第二次是十几年前在中关村的海龙大厦买笔记本电脑。那时候海龙开业还没多长时间，风光正好。但闭塞如我，也已经听说那儿的价格不靠谱，经常发生宰客的事情。加上我当时不富裕，不敢挥霍，于是就带上砍价能手我弟弟一起去海龙。最后找到一家看着靠谱的店，坐在人家店里，软磨硬泡。

也是在僵持了将近两个小时、嘴皮都快磨破了之后，我们把开价三千多的笔记本，生生磨下了三百元，而且免费装了系统。于是，我兴高采烈地扛着我人生的第一台笔记本电脑回了家。

一开机，就傻眼了，电脑屏幕亮了一下，连桌面都没看仔细呢，就灭了。再怎么整，它也不亮了。

当时我认识的对笔记本最熟悉的人，是老六张立宪。我就给他打电话，各种咨询。老六说，你这状况，八成是主板烧了，拿回去换吧。

于是，背着电脑又回到海龙，一查果真是主板烧了。人家二话没说，整机换了一台。回家后跟老六知会了一下，老六说，你是我知道的最快干掉一台电脑的人。那口气，就像我取得了世界杯最快进球一样。可这能赖我吗？我就按了开机键，剩下什么都没做。

还好，我人生的第二台笔记本电脑用了好几年，再也没烧过。后来我把它给了我爸，据说现在偶尔还能用一下。

转眼，营业了十七年的著名的中关村海龙，就要歇了。看图片，大部分商家已撤，一些地方恢复了毛坯房的状态。用官方的话说，叫作“转型升级”，但实际上，大约就是变成写字楼，会来一些脑洞大开的创意公司，最清楚的事实是，再也不会有“大卖场”了。

在中关村歇业的卖场中，海龙是第二个，中关村 e 世界是第一个。只不过相比之下，海龙更有标志性。

说句实话，这次海龙停业，情感上并没有其他卖场停业那么复杂。以前红桥市场停业搬迁，觉得少了个好玩的去处，接下来秀水街、动批什么的停业拆迁，包括最近潘家园撤出，又感觉少了好玩的去处，多多少少觉得遗憾，觉得不舍，觉得那么好一个品牌，就这么完了，怪可惜的，决策也太混不吝了点儿。可海龙停业，倒是觉得顺理成章，似乎它就该停业一样。

外在方面，为缓解城市拥塞，将一些卖场之类的产业外迁是政府的固有思路。“大卖场”迟早都会在市中心消失。内在方面，感觉海龙这样的电子产品卖场，并没有其他卖场那样的历史感，卖的东西贵贱都有，但易耗品居多，也没啥可留下念想的。海龙给人印象最深的，就是一进电梯间，甚至在楼梯过道里，到处都能遇见递名片拉客的业务员，跟在人身后喋喋不休。这给人的感觉非常江湖，总觉得这里和火车站广场没两样，各种深不可测。反正，这些现象在其他类型卖场里并不多见。

据说，之所以有拉客和宰客的习惯，源于提成制。业务员卖出商品的利润，自己可以拿到一成，所以利润越高、客流越大，挣得越多，很多人也就顾不上体面了。不过，我倒觉得这不是主因。卖什么东西不是提成制啊？怎么到了这儿，就直接拽人袖子，照狠了忽悠呢？还是管理的问题。十几年还没搞定卖场秩序，那估计也就不用搞定了。

当然，海龙周边交通拥堵，也是直接影响生意的因素。有时候车子开到四环上，海龙的大招牌近在眼前，可就是过不去，简直能急死宝宝了。

所有这些，似乎都和讲效率讲低碳的信息时代格格不入，更和数码产品的感觉不合拍。其实搁谁家旁边有这么一卖场，鱼龙混杂的，谁都不乐意。

所以，海龙的离开，还是自己的原因，档次有点低了，不是中关村的菜了。

有件事情不能不提。

若干年前，中关村这个高等学府云集、高科技公司云集，提起来高大上的地方，还有个“黄外围”。

那就是很多抱着小孩的中年妇女，她们会在路人身边低声问：“要光盘吗？要毛片吗？”

即便是和新街口、三里屯那些卖盗版光盘的人比起来，她们也显得过于不正规。那些地方，多卖些欧美大片或者文艺小清新电影，盗版不盗版的，至少能看。而这里的碟，大多被中年妇女们别在腰上，无包装、无说明、无文字。不要毛片，她说有大片；不要大片，她说有游戏；不要游戏，她还说有这样那样的软件。

买回去，不少是 CD，或者干脆是空盘，放不出影来。

那些日子，我酷爱攒电影大片，去过很多城市的盗版碟市场，石家庄的、西安的，甚至山东临沂的，但没有一个地方像中关村的“黄外围”这儿这么不讲究。

据说有关部门也打击过，可人家是游击战，春风吹又生的，总搞不干净，更何况她们还会用孩子打掩护，哺乳期。

但后来，她们逐渐销声匿迹了。就和那些卖盗版的一样，都没了踪迹。

原因很简单，技术进步了，没人看 VCD 和 DVD 了。盗版的都在网上，想看啥片，网上就有。加上现在强调版权，很多人养成了在视频网站付费买会员的习惯，看什么片子，也不需要费劲巴拉冒着被骗的危险去街头买碟了。

我那几千张光盘，四大纸箱子，彻底成了收藏。

有趣的是，海龙们的萧条，几乎和“黄外围”们同步。当网购的商业模式逐渐占据主流，即使是数码产品也可以从网上买到以后，“大卖场”式的销售模式也没了存在的必要。

技术的进步、互联网商业的成熟，似乎是压倒“大卖场”的最后一根稻草。也可以这么说，中关村以自己擅长的技术力量，改变了中关村自己。

当然，影响到的不只是海龙那几座楼，以及中关村“黄外围”，还有其他很多产业。我有朋友的朋友，在东部商圈著名购物中心租柜台卖世界名表，最近一些年也生意惨淡。大多数顾客，来了要块表，看了款式，试戴一下，说声谢谢，回家上官网买去了。

还有纸媒，处境大多也不妙。十年前在地铁上，几乎人手一份报纸在那里看，而现在，大家都玩手机了。技术就是这样给社会洗牌的。互联网商业模式让一些人获得了工作和希望，也让另外一些人失去了工作和希望。新陈代谢，海龙只不过是被洗掉的一张牌。

现在，许多店面干脆转型，都改成展示店或者体验店了，不销售商品，只提供些咨询和售后服务。不过再有几年，似乎这类店也无存在的必要，当 VR 设备普及，戴上设备，在家里虚拟着就能把商品翻来覆去看个遍，甚至拆了装装了拆，还要店面干什么？

再往后，大量的商业店面、超市、购物中心可能都会面临洗牌。城里那么多商厦空出来干什么？这是个问题，总不能全当写字楼吧？但愿这是杞人忧天。总有人坚持逛商场的，就像总有人坚持看纸书、坚持用毛笔写字、坚持不网恋一样。

20 世纪 80 年代，我们都觉得计算机是个过于高精尖的东西，它至少有个衣柜那么大，必须是穿白大褂的专业人士才能操控的。90 年代，我们想玩计算机，还得学各种“语言”，还要背五笔打字，还要动用立体的想象力才能在单色的 286 电脑屏幕上玩俄罗斯方块。21 世纪 00 年代，笔记本电脑普及，接下来智能手机开始替代电脑的大部分功能。这些，似乎都是在上一个十年里无法想象的。下一个十年，生活会变成什么样子，只能猜到端倪，但谁也想不出来。

而海龙，也许包括整个中关村，都可能是历史长河中的一段。它是必须的一段，但也是如过眼烟云的一段，它不代表文化传承和城市特色，它只是个阶段。就像一个人，他想走到三楼，必须途经二楼一样，它只是楼梯上的一个台阶。过去了，那就是过去了。

那些年，我的大学

前天，我们年级的大学同学聚会回学校来着。几十年过去了，学校变了样，这些同学也变了样。比如老许，变得胖胖的还剃了光头，我们就叫他仁波切。关键还不只是形似，气场也起来了，在饭馆前一站，光彩已经盖过霓虹灯。几声“仁波切”叫下来，老许很高兴，说朝阳区一带普度众生的事就交给他了。我们都觉得他喝多了，想普度朝阳群众，那可是个艰巨的挑战。

说到饭馆，也是学校里面的，比较气派。因为要反腐倡廉不大吃大喝，高校又相当敏感，吃多了校长要下台，所以我们全是 AA 制。饭桌上有红烧肉、清蒸鱼和烤鸭等硬菜，结果剩了一桌子。大家面对狼藉的剩菜，回忆起当年学校食堂最好吃的菜来。那道菜居然叫“鱼香肉片”，好像是三毛五一份。“鱼香肉片”里没有鱼大家都好理解，关键是连肉也没有，实际上就是“鱼香土豆片”。尽管如此，大家还都抢着去吃，去晚了就得排队等。那个时候，实在是太缺肉了，有点肉的意境就抢。全不像现在的大学生，想吃肉，就有肉。

同桌的，还有一位当年的老师。说是老师，我们都叫他大舅哥，因为他妹妹老来我们学校玩，最终嫁给了我班同学。大舅哥当年还是单身，在学校里闲得没事，老招一帮学生去他宿舍玩儿。所谓玩儿，就是打麻将或者下围棋。到了月底的时候，大舅哥那里最热闹，几乎人来人往 24 小时不停歇。当时系里组织了女足，大舅哥负责买了整整一支球队的女足装备，运动衣什么的，结果全被去玩的男生们穿走了。给大舅哥急的，说你们还有良心没有？女足的衣服你们也穿？最后一件一件追回来。从这件事情上，可以看出当时的男生有多瘦，是多么缺肉吃。

大舅哥宿舍月底热闹，主要原因是大家都没钱了。没钱吃饭，就去大舅哥那里蹭饭，直到把大舅哥蹭得颗粒无存为止。大舅哥全然没算清楚是怎么回事，还很纳闷地对我们说：你们说，我也是挣工资的人了，怎么还每月问家里要钱呢？

大舅哥是如此受欢迎，后来，系里干脆就任命他当了我们班的辅导员。

我们毕业几年以后，大舅哥也不当老师了，出去工作，给自己的学生当了实习生。

说到打麻将，也是我们年级比较风靡的活动。那个时候好穷啊，生活费都不够花，打麻将基本也是仨瓜俩枣，没有现金，就玩饭票。到了月底，饭票也不够用了，就先扎着账。很多男生都有月底揭不开锅，每天就吃几个四分钱馅饼的经历。当然，我班我系还是比较有节制的，夜里熄灯了，麻局也基本散了，不像个别其他系的同学，搞得废寝忘食玩物丧志，熄灯之后还把桌子支到水房和厕所去打，那牌都是臭的。

后来学校看学生打麻将实在过分，再发展下去，校将不校，就抓了几拨学生。刚开始就是没收麻将，到了后来，声称要处分大家了。在这种高压之下，打麻将的风气被遏制。

这个当口，出了件事情，我的被子不见了。

我这被子，可是正经的军被，我爹当兵时候攒下的家当，我上学来了，特地给了我。那被子看上去不厚，但盖着相当暖和，设计很合理。就那么莫名其妙的，有天我从外面回来，嗯？它就没有了。

好在当时天气不是很冷，我就凑合着没盖被子睡了两星期。

有一天中午，正坐在宿舍里发呆，就有老许他们班的同学叫我，说三缺一啊快来。

老许他们班是走读班，后来不知道怎么弄的，说服了系里，弄了间宿舍。在学校里，三缺一可是极为罕见的现象，因为基本是一桌麻将有好几个候场的。我当然要去了。结果往桌子前面一坐，肺都要气炸了。这桌子上铺的当麻毯的，不就是我的被子么？

原来……如此。是老许他们几个，怕玩麻将动静太大把管宿舍的大爷招来，干脆就拿了我的被子当消音毯用了。而且，它是如此合适，连颜色都和专业的麻毯相似。

我抱了被子就走，后面还有人喊呢：喂喂，打完了再拿走啊，你现在又不睡觉。

我都和什么人当了同学啊。

过新年的时候，班里要包饺子。包饺子得有馅，肉不多，白菜来凑。可是白菜到哪儿去弄啊？答案是去路边。路边的确不长白菜，但食堂放了大片大片的冬储白菜在那里，上面盖了厚厚的毡布。让我们气愤的是，在食堂打饭打菜，总是吃到白菜帮子，从来没吃到过菜心，全班都这样，这也太巧了吧？于是，在新年前的某个半夜三更，同学们就拉帮结伙去偷白菜，而且只抠菜心，外面还整整齐齐地码在那里，看上去和没偷过一样。

但很明显，偷白菜的不只我们一个班，几乎全校的学生都在抠路边的白菜心。这引起了食堂大师傅们的抱怨，也引起了保卫科的重视。于是，即便半夜三更，也有保卫科的人在白菜堆附近巡视……恰巧在我班同学抠菜心的时候，保卫科的手电光就照过来了，于是大家怀抱白菜做鸟兽散，飞奔回了宿舍。一查点，少了一个人。

当时估计，少的这位肯定是被捕了。没想到捱到后半夜，我们这位同学居然骂骂咧咧回来敲门了，而且怀里也抱着东西，很意外，是柿子。一问才知道，该同学走投无路之际，竟然小宇宙爆发，爬上了一棵大树，躲在上面大气不敢出，一直等到保卫科的师傅走远。人快冻僵了不说，心里也哇凉哇凉的，心说还同学呢，就没一个回头来救人的。万念俱灰之际，突然发现，自己爬上的是一棵巨大的柿子树，而且手边还有不少柿子……怎么也没人摘啊。

这个算是因祸得福了吧?

正因为如此，那次新年过得很热闹，我们班主任甚至把家里的煤气灶搬到了学校，给大家煮饺子。

要说那几年，我们可没少让班主任操心。这些小小的歪门邪道还好说，最揪心的，还是这帮学生老想干点正事，比如日本去参拜靖国神社了，我们就写了一堆打倒日本帝国主义的告示贴到校园里。我还砸了几盒 TDK 的磁带，挂广告栏里了。当时可是真气啊，想起来就直哆嗦。我们班主任就挨个儿宿舍做工作，既要让大家出了对鬼子的气，又要让大伙不再出去招事。现在想来，这其实很为难她，当时她也就 33 岁。

我们班能全体平安到毕业无伤亡，我想还是托了班主任的福。

不知道谁起的头，管班主任叫阿姨。于是大家后来都阿姨阿姨地叫。为这事她到现在还耿耿于怀，昨天还提来着，当时那么年轻怎么就阿姨了？现在我们这些叫她阿姨的人，也都奔五张了，也都被人叔叔大爷地叫。要不怎么说，岁月如梭呢，年轻人也别嘚瑟，世道瞬间就把人搞老了。

在学校里转了转，觉得年轻真好。我多想上一个有饭馆、有咖啡厅、有高楼大厦的大学啊，在这样的学校里折腾一下，谈个恋爱，其实也不错。可惜这只是个念想。我们有个同学特别老实巴交，已经是带研究生的老师了。曾经有一度，哥儿几个闹着要去考他的研究生，他当时慌了，说别来别来。我估计是想起在学校的时候这些人太难缠，操不起那个心。后来一聊别的事，就耽搁好多年。现在就是想考，也没戏了。

闻

最好的北京

如果，你想和女朋友去吃冰激凌了，请去西单的查理冰激凌店。那个小店一楼卖各种各样的冰激凌球，二楼则是火车座，在昏暗的灯光下，许多小男女缱绻缠绵，面对着香蕉船，一待就是一下午。诗人大仙说：1987 年，在北京的西单查理冰激凌店，冰激凌第一次流泪，那个宣武区的女孩，在冰激凌流泪中流泪……

如果，你起晚了，没有关系。20 世纪 90 年代初，我住在刚刚修好的北三环边上，离上班时间只有 40 分钟了，我在三环路旁招呼一辆面的，风驰电掣呼啸而去。当我坐在南三环的办公室里的时候，还有五分钟才到上班时间，花费大约是 15 块钱。

如果，在黄昏，你觉得无所事事，可以溜达到日坛公园，在茶座要上一杯扎啤，一盘饺子。饺子就酒之后，踱步到旁边的小院里，那里人头攒动，老崔和他的乐队正在唱摇滚。大家跟着崔健且歌且舞。摇滚之后，心胸辽阔，心满意足。

当然，这不是晚上唯一的节目。如果没有去日坛公园，还可以去建国门内的古观象台。那个时候的周末，会有大使馆在那里举办文化活动，很多明星会坐在你的身边，大家一起聊天、说笑。你也可以去八一电影制片厂或者和平里的中国影协，他们经常有“过路片”影展，有日本周、法国周、美国周、东欧周……只要进去一次，就能买到第二次、第三次的套票，绵延不绝。那些电影绝对都是原版，甚至还有翻译通过麦克风向观众同声传译。

那个时候，学画的孩子可以在每天放学以后，背着画夹赶到故宫，坐在僻静的大殿前画速写。那个时候，桑拿刚刚进入北京，在北京大学游泳馆，男男女女游完泳，就都挤到桑拿房中，隔着浓重的蒸汽互相打量。那个时候中国足球队还很牛，赢科威特三个球，赢沙特两个，打得日本队不敢抬头；中国女排刚刚得了世界冠军，男排也是横扫世界。当然还有聂卫平，一个人像挑滑车一样去赢一片日本人，拿下中日围棋擂台赛。所以年末大家要排队去买体育报，上面有十佳运动员选票，全家为选谁不选谁争论不休，最后填好选票，认真地投入邮筒。

那个时候，《少林寺》公映，好多小孩摩拳擦掌，想去少林寺学武艺。更多的人从电影院出来，则是去买一瓶新出现的可口可乐，一饮而尽，或者去路边买一个西瓜，一拳砸开，蹲在那里一起分食。

那个时候，望京还不叫望京，叫花家地。那个时候，没有四环、五环、六环，没有 CBD。那个时候，过了大北窑向东，是一片厂区和麦子地，大家都用西北旺生产的卫生纸，吃四季青产的大白菜。出了三环，必称郊区。大家还不知道电脑、机顶盒甚至有线电视为何物，21 遥（21 英寸遥控）是最大的电视，如果配一个录像机，那就是时髦的现代化家居了。

如果哪里都不想去，可以在午后恹恹醒来之后仔细地听，楼下会传来吆喝声，那是推着板儿车换啤酒的大爷。用空瓶换啤酒，五星啤酒一块三，北京啤酒一块二，燕京啤酒八毛。再后来，只有燕京，另两个牌子就消失了……

这就算是“最好的北京”。在 20 世纪 80 年代的后半段，到 90 年代的前半段。其实，说到最好，每个人都有自己的主观判断。对于一个人来说，自己最有活力、生活比较顺利的那个阶段，一般都是好的，连带着生活的城市也好，都那么有希望。对于一个城市来讲，能给人提供充裕的上升机会，压力又不是那么大，生活也方便，还能走在潮流的前端，那就是好的。

除了生活上的便宜和便利之外，北京还有一种好，总能有奇遇。

有一天中午，当时的女朋友打电话，说在街上捡了一支摇滚乐队，正带着往家来。那个时候我在采访所有“地下”的东西，地下电影啊，地下音乐啊……听了这消息，赶紧去买了羊肉。结果，进门四五条维吾尔大汉，还带着个漂亮的新疆女孩儿，是主唱当时的女友。我的炒烤羊肉就是那天那位主唱手把手教的，所以非常正宗。接下来，楼下传来换啤酒的声音，我下楼叫师傅拎上一箱啤酒来……师傅扛着啤酒，往门里瞄了一眼，说："哎，你怎么招了这么一帮爷在家啊？"

那天聊得特别愉快。这支乐队名字叫"灰狼"，刚到北京，他们踌躇满志，充满了年轻人的渴望和干劲儿。主唱名字叫艾斯卡尔。

后来，他们在德胜门护城河的边上，租了一处民房当落脚点。我去看过一次他们排练，大夏天，所有门窗都用棉被挡住，怕声音出去扰民。哥儿几个在屋里挥汗如雨，我和几名观众坐在一旁。我身边坐着一人，跟我有一搭没一搭说两句，说半天了，我都不知道他叫什么，就问：请问您是做什么的？

他笑笑说，我就是一吹管儿的，我叫刘元。

当时感觉轰隆轰隆的，真是随便在哪个角落里，你都能遇到江湖名号如雷贯耳的家伙。

"灰狼"乐队后来成功了，有了唱片、专辑。再后来，我这边生活工作变迁，联系少了。前不久看到艾斯卡尔微博照片，头发胡子也花白了，变成一只真正的灰狼了。

那个时候人和人比较简单，即便陌生，也没有谁防着谁一说。我会拿最好的与人分享，对方也一样。即便没有什么最好的东西，只要想真心交个朋友，也容易做到。

从某一天开始，一切味道都开始变了，最好的北京渐行渐远。他们决定抛弃，所以我们失去。

有时候总替那些来晚了的朋友遗憾，没见到过北京的好，没见到过五六环的房子三四千元一平米的时代，没见过郊区草长莺飞、布谷啼早，没见过胡同里慵懒的阳光、浓密的树荫与悠长的蝉鸣。没见过朴素的姑娘坐在男友的自行车后座上，一辆旅游客车驶过，车上的老外大喊："Hi, I love you!"

北京为什么变得不可爱了？为什么到处都是争抢，人人都在为居住、出行与空气发愁？是因为人太多了吗？还是因为房子、企业太多了？让北京变得像一个高档的牲口棚，干活可以，想安居乐业，太难。现在，即便是站在老城区中，也有陌生感，有一种深深的正在失去这个城市的剥离之痛。

有一种说法，很多问题，来源于城市规划不合理。北京的城市规划源自苏联，是摊大饼式的，一圈一圈向外摊，三环、四环、五环、六环……

这话说得多了，几乎人人都信。可是仔细一想，不对，这么多的环线，可不是50年代学苏联的时候修的。聚集在城外的大量商品房，以及聚集在城里的大量写字楼，也不是50年代建起来的。90年代的时候，政府与舆论可是鼓励大家去郊区居住，再买辆车，来城里上班的。可大家真这么做了，却限行了。

举个例子，当年我住的亚北一带，曾经是要包装成高档住宅区的，宣传的口径也是中轴线的延长线，是龙脉。然后，决策领导变更，人换了，想法也换了，这条“龙脉”上突然横亘出一个居住数十万人口的经适房区，几乎截断了交通，接下来，又搬过来一个巨大的汽车交易市场。尽管“龙脉”道路几度扩展，但依旧拥堵不堪。多年来走这条路，都是件极度痛苦的事情，绝对体会不到城市的“可爱”。

我在想，即使真的住到那些与城市隔绝的豪宅别墅里，又能怎样呢？住大房开豪车的那点优越感，一出小区门就没了，车一直堵在门口。

而且照样得吸雾霾，闻尾气。

城市的规划缺少延续性，是最大的问题。一任领导与下一任领导之间，没有连续的思路，一个区、镇与另一个区、镇之间，也没有互相匹配的心理，都按照自己的想法干，于是就支离破碎互相矛盾。而这些，确实给人造成痛苦，谁能接受在家和单位之间，突然空降下一个小城市呢？

工作与生活的艰难，造就的是利益争夺的白热化，一个公交车的座位，一个地铁里的扶手，都有可能引发争端。

北京原来的豪爽已经不见了，因为很多人都豪爽不起了。稍微不注意，原来属于自己的东西，眨眼间就会失去。更多的东西，必须下手抢，秒杀，就像买火车票一样。贪黑起早，锱铢必较，我们都在和时间赛跑，我们都害怕未富先老。

这个城市少了悠扬，更谈不上优雅，尽管楼盖得很漂亮，但行走其中，有时候连姿势都讲究不得。既然某一天，我们知道了很多事情不用我们关心，那么，利益就变成第一位的了。

现在还敢把一群陌生的大汉往家带么？我是不敢，其实也没那个心情了。就算我敢带，别人也不一定敢来。

总觉得，一个城市的灵魂丢失了，它变成了一台机器，大家都被一种奇怪的力量所驱使，在其中莫名其妙地奔跑和厮杀。人们都更爱自己了，没人再爱这个城市。由于被迫长期发力而不能停歇，拼着命的时候突然发现，其实也不是那么爱自己，爱什么都说不清楚，有没有爱也难说。

浪漫的人会说，奔跑的时候，应该停下来看看风景。在北京，你停下来试试？分分钟被抛到六环外，也许还会更远。

每个胃都会记住一些食物

假期去东北，要拿本书在路上看。当时想，必须得找本轻松的，看着欢天喜地，然后就拿了陈晓卿写的《至味在人间》。

很快我就发现我错了。想想看，东北冰天雪地的，我在路上没吃没喝，困顿不堪，拿本写吃喝逗味蕾的书，没看两篇儿就被搞得饥肠辘辘、口水充盈。抬头四顾，左边是飞机舷窗，右边是俩姑娘，都不能吃。坐立不安，备受折磨。

陈晓卿大家都知道，《舌尖上的中国》制片人。当年看他的片子，是必须要备好各种吃食的，看到紧要处，胃就激动得一抽一抽，必须填巴几口，才能缓过神来。空腹坚持，对体力与精力的消耗简直太大了。这次本以为文字没图像那么有冲击力，没想到还是大意了。

看得多了，发现陈晓卿特别擅长营造吃喝的氛围。比如坐火车一夜没睡，下车后“扛着行李打上车，穿过刚刚开始苏醒的街道和毛毛雨中的小巷，到了一家羊肉汤馆”；比如加班熬夜结束，“已经是凌晨 4 点，下楼，坐进驾驶室，方向盘冰得锥心，仪表盘显示车外温度零下 6 度。往手心儿里哈了口气，是不是应该安慰一下自己的胃呢”；再比如，“机场大巴一到西单，直接 109（坐 109 路电车），背着一肩膀的行李，端一碗冷面，迎着风，站在马路边，不过三分钟，解馋”；还有“在大山里拍片……晚上睡不着觉，大家就在蚊帐里吹牛，聊北京的饭馆。比如今晚的主题是西单，就捋着街道从南往北数，从烤肉宛开始，四川饭店、同春园、玉华台、天府豆花庄……”诸如此类。总之，不是加班，就是旅行，要么就是在艰苦环境下工作，时间最好是半夜或后半夜，天气最好是特别寒冷。饥寒交迫的情境点出，说什么都是香的。切入吃喝的方法有很多种，把自己描述得难过、辛酸，是陈晓卿最擅长的方式。这本书里好多篇文章都是这样切入，让读者感同身受，心说我也是这么惨啊，于是，坠入陈晓卿设计的美食陷阱，边看边捶胸顿足，“虽不能至，然心向往之”。

这很容易让人想起郑板桥的“暇日咽碎米饼，煮糊涂粥，双手捧碗，缩颈而啜之。霜晨雪早，得此周身俱暖”。其实是一个意思。在困顿中，食物的作用会被放大，记忆也就格外深刻。

说到记忆，不止一个人提到，胃对食物也是有记忆功能的。比如我们小时候吃什么东西特别上瘾，可能一生都会喜欢这种东西，这就是胃的记忆。我在西安曾经吃过一种小羊肉串，肉穿在签子上，只有那么一小片，几个朋友，一晚上能吃上上千串，味道奇好，以至于一想起来，胃就会蠕动，口水直流。可惜后来这种小串消失了，直到十几年后，在东北的小镇上，再次看到这种小串，简直欲罢不能，天天晚上要去吃，刮大烟炮（大风卷着雪飞，当地人谓之大烟炮）也要去。想想看，外面朔风暴雪，屋中小酒围炉，就着小串，抢着红包，那是一种怎样的愉快和舒适。同样的东西，也包括简单的炖鸡汤。小时候喝过鸡汤，觉得是天下第一美味，只是因为物质短缺，加上割资本主义尾巴，城市里基本买不到鸡，在农村，买鸡得偷偷摸摸去农民家里，跟做贼似的，于是喝上鸡汤的概率，一年顶多两三回。这种短缺的记忆持续到今天，就养成了酷爱喝鸡汤的毛病，一口鸡汤顺下去，从嘴到食道到胃，说不出的熨帖。可以说，对食物的记忆每个人都有，几乎每个人都有一种或几种食物，见到了就得跪，爱得不要不要的。

陈晓卿是安徽人，在书中，他不止一次提到一种用鸡骨架吊出的“SA 汤”。为了在北京喝上一口“SA 汤”，此人不惜强行早起，赶往一家皖北土菜小馆。绘声绘色讲完“SA 汤”，陈晓卿说：“每个人的肠胃实际上都有一扇门，而钥匙正是童年时期父母长辈给你的食物编码。无论你漂泊到哪里，或许那扇门早已残破不堪，但门上的密码锁仍然紧闭着，等待你童年味觉想象的唤醒。”

正是由于食物的存在，我们会怀念很多地方。比如我们出去旅游，看风景也好，看文化也好，最终都不可避免地转化成吃喝之旅，留下深刻记忆的，往往也是当地的美食。想起成都就是冒菜钵钵鸡，想起重庆就是火锅，想起西安就是肉串和肉夹馍，想起广州就是精致的早茶和街边数不清的海鱼海虾。当然，对于故乡的怀念，有很大的比重也基于食物之上，所以《舌尖上的中国》才有“思乡催泪弹”这样的说法。像我这种在QQ上和海外的哥们姐们聊天的人，不说发图片，单单报个菜名都会叫对方发疯，最后冲到当地超市去买老干妈。人都是有根的，食物则是这个根系最重要的组成部分。书中讲一位“外商”李先生，三十多年后重返北京，想去吃门框胡同的爆肚冯，几经周折，终于找到了已经当上机床车工的冯家传人。老冯技痒，重拾旧业，“三个羊肚领也就出了九小块肚仁，下水爆了，装盘放在了客人面前”，结果，“仨人全吃哭了”。

这就是食物的根系作用。只可惜，这样的根系很容易被拔掉。一个小饭馆，在如滚滚洪流的城市发展脚步之下，实在太渺小，算不上什么。

陈晓卿说的餐馆，有的我去过，大部分没有去过。无论去过还是没去过，一大批已经不复存在了。这些年，饭馆被拆迁的速度快得惊人，老城区一改造，一建高楼大厦，原有的许多有一定知名度的餐厅，一夜之间就不知道去哪里了。也许，它们将永远消失，也许，它们会另择地方重张开业，但风味及人气，很可能都不及以往。

北京比较失败的改造，首先要数大栅栏。原有的前门外商业街区，汇集了大量老字号，特别是各种餐厅、小吃店，被整旧如新后，门前冷落。用陈晓卿的话说："先不分青红皂白拆了，然后觉得不合适，再拿着照片复原——反正咱们制度好，有的是钱。"类似的事情，几乎在各个地方反复上演，老央视后身的"台北一条街"消失了，"白塔寺涮肉群落"消失了，上海的"吴江路小吃一条街"也没了……在陈晓卿的书里，处处透露出这样的遗憾。无论是大城还是小镇，只要随便一个由头，比如招商引资、城市改造、打造城市名片、治理拥堵雾霾……一旦招引起父母官们满腔的改天换地的豪情，那些如根系盘结于心、盘结于胃的美味店铺，就会荡然无存。殊不知，它们才是最好的城市名片，才是最需要保存的。对这些店铺弃之如敝屣、避之唯恐不及，只能说决策者缺的是文化，他们不是真的爱城市，而是只爱自己。

沈宏非在给《至味在人间》写的序中，曾经说他发现了此书的特点："凡是大城市里的饮食，在他的笔下一般都显得虚头巴脑，感觉五脊六兽，就连标点符号，一个两个瞅着也都没精打采的；一旦脱离了中心城区，越往城外走，文字就越是精神，越是来劲。"我觉得这不是陈晓卿的原因，而是城市的错。那些能代表城市的吃食，活跃而生动、充满鲜活味道的吃食，已经被驱赶得七零八落，代之而来的，是生产于中心厨房的半成品，是连锁店面提供的味道寡淡、千篇一律的工业化饮食。看着无数的年轻人整天就吃这样的食物，还得排队叫号，既心疼也无奈。非常担心他们的味觉和消化系统，以后只适合粉末冲调的汤剂，和那些缺乏手工操作的、流水线上的食物。看科普文章，说将来的食物，都是 3D 打印出来的，不由得心寒。也许，将来城市里的人，只能从过去美食家的文字里，体会丰富多彩的食物了。

而在远离城市的地方，还能保持着原生态的食品。真正的手工制作，口传心授，当然是越远离，越精神。

这种驱赶食物店铺摊贩的做法，已经在生活中有不少恶性反应。比如早点，北京很难吃到可口的早点，没有早茶，没有热干面，即便是豆浆油条，摊贩们也被越赶越远。宵夜就更别提了，不可能在街边吃到豆腐干或者茶叶蛋。所以陈晓卿到了外地，才能恢复吃早餐的习惯。在北京，这么做很艰难。另外，陈晓卿所说的“基础饮食”，即“一个城市走路五分钟之内可以果腹的，而且味道过得去的吃食”，在北京也几近绝迹。不止一次看到有什么机构把北京评为“宜居城市”，我真的想笑。宜居？想想这个城市的早饭和宵夜，就够了。

读与吃喝相关的书，人会变得絮絮叨叨且多愁善感。坐在飞机上看这本书，不知道为什么，更加脆弱。飞机起飞没多久，我就看到陈晓卿回忆过去全家吃变蛋，如何剥，如何用掌心托住，突然眼睛就热了，忍了半天，还好没泪奔。

不过旁边的小姑娘已经注意到了，安慰我说：“叔，马上就发航餐了。我帮你拿哈。”

“大院”到底是个什么院

因为王朔，“大院子弟”这事儿被拿出来热炒，鸡一嘴鸭一嘴，知道不知道都跟着哄。有人把冯小刚都列入大院子弟之列，说他的电影是“大院子弟最后的狂欢”。邪了，冯小刚恰恰不是大院子弟，家里普通老百姓，还是过得不好的那种。所以说，骂人家也得先搞清楚状况，要不然会被笑话。

“大院”是个独有的现象。20 世纪 50 年代开始，很多军队机构和国家部委在北京都有大院。说白了就是圈块儿地，弄上围墙岗哨，院子里边，上班居住吃喝拉撒全齐活，也就是自成一个小社会。大院有军队大院和部委大院，现在说大院，主要是指军队大院，因为文艺作品描述得太多了。

这些大院，到现在也还存在着。走西三环去北京西站，一过新兴桥，左手是空军大院，右手是海军大院。顺长安街往西去玉泉路，两边全是大院。

王朔那个大院，就在玉泉路，解放军政治学院。

我也是大院里出来的，空军大院。空军的大院不止一个，这个是空军司令部大院，也叫空司，但一般就叫空军大院。此外还有个空政大院。小时候我分不清楚。1976年唐山大地震，我正好在发烧，在空军总院住院。地震了，我烧也退了，和一干小病号撤退到帐篷里，等家长来接。最后就剩我一个，原因是我父亲不在北京，我弟弟玩凳子把眼睛嗑出血了，我妈带他在大院门诊部看急诊。后来护士跑来问我："有个空司的车，你上不上？"一下就把我问蒙了，因为当时我只知道空军大院，分不清空司和空政。后来我一咬牙说上，还能在我军里丢了不成？就跟车走了，这辆车把我拉回了家。

因为受一些莫名其妙号称写大院的小说、影视剧误导，很多人觉得大院里的孩子就是高干子弟、红二代、官二代。这是根本错误的。有位所谓的网络红人说，大院里住的都是少将以上，这就更缺乏常识了。大院里确实有高干，司令参谋长之类，都住在大院里面的小院中，另有一层围墙和警卫，那架势就像现在华谊兄弟住在园中园里一样。大院中负责警戒后勤的士兵干部住在军营，其他机关干部，根据级别、年龄和婚姻状况不同，住在宿舍楼中，面积不一样。比如我父亲，他结婚前只有个很小的宿舍，和我妈结婚了，就搬到略大点的房间里，9平米。一扇窗子一扇门，这就是我童年的生活环境。

印象里，大院的宿舍楼，除了1楼有些单元房之外，2楼到 4 楼全是筒子楼结构。我家住的那个中 1 楼，一条走廊，共有 7 间房，一个公共厨房，两头是两个卫生间，好像一共住了四五家人（有一两家有两间房）。房屋的质量是真好，全是苏联图纸造的红砖楼。

在大院里生活，还是有点小特权的。我那个时候，院子里有门诊部、操场、花园、军人服务部（就是日杂商店）、托儿所（收三四岁以下小孩）、小学、礼堂和体育馆。幼儿园不在院子里，在八宝山边上，就是后来大名鼎鼎的蓝天幼儿园。周一早晨班车把幼儿园的孩子送走，周六晚上再送回来，全是整托。要上中学，就滚出院外去了。

所以说，大院的生活系统基本是自成体系的，不用操心跑远路。但除了这点优越性以外，跟外边并无差别。买肉、买鸡蛋，和外面一样要划本儿，瓜子花生、烟酒糖茶、火柴肥皂什么的，也是定量供应。只是院子非常干净整洁，因为有士兵们打扫，而且一般情况下秩序井然，十分安静。

现在说说所谓大院子弟。大院子弟分层次分得很明显，主要是年龄层，一拨人聚在一起，是不和另外年龄段的小孩儿玩的。那些心怀天下志存高远在“文革”中闹得很厉害的主儿，也就是现在人们说的红二代官二代们，基本都是 50 年代初或更早出生。到了王朔这拨人，就没那么大志向了，他们懂事了是在“文革”后期，印象里，那些大孩子整天琢磨的就是打群架，不仅和外面的人打，还和别的大院的孩子打。空军海军俩大院门对门，经常打，海军几乎没赢过。另外就是拍婆子，也就是泡妞。然后，基本的出路就是去当兵，这方面倒是比外面的小孩有点特权，不过也相当费劲，得有不少周折才能成。

至于我们这拨，又比王朔他们小七八岁了，顶多也就是在院子里面组团玩打仗，撞拐、骑驴、推铁圈和攻城，还有就是剁刀、拍烟盒、瓷片儿什么的，女孩儿玩抓羊拐和跳皮筋。这些玩意儿，全城的孩子都在玩。等到我们长大了，改革开放了，考大学了，没工夫瞎折腾了。所以，论攻击性和战斗力，论优越感，大院的孩子们是一茬不如一茬，一蟹不如一蟹，一辈不如一辈，一阵不如一阵。

我父亲是空司一位部长的秘书，“文革”的时候，部长受到冲击，靠边站了，父亲的军官之梦也就到头了，下放，去部队，东奔西走，父母两地分居将近十年。小时候的印象，大院天天派人做我妈工作，让我们搬走。想想我妈一女的，带俩小孩儿，就是一普通工人，往哪儿搬啊？这事闹到我妈工厂厂长那里，要不说工人阶级仗义呢，厂长亲自带人来和大院谈判，讲“军民鱼水情”，愣是把搬家这事按住了。一直到 70 年代末，工厂才帮我家弄了间房，搬了出来，就此告别大院生活。

现在想起来，我这种大院子弟，对大院生活真没什么好印象。周末发电影票，没我家的。这就意味着周一一上学，同学都有的聊，我就得旁边稍着，插不上话。这对孩子打击有多大啊？好不容易邻居叔叔多弄了张票，送我了，兴高采烈去看电影，路上有院里的大孩子说，小孩儿你几排几号啊，咱们换换票吧。结果票一给，那哥们撒丫子跑了。就说大院子弟也有不成器的，恃强凌弱成风。还有一次，是看露天电影，看完回家，突然觉得脑后一凉，头顶的军帽没了，被一个骑自行车的大孩子给抢了，没法追。卑鄙吧？现在想起来都牙根儿痒，觉得这帮人真缺德。

我大学毕业以后，疯了似的看电影买碟片，到现在还老爱往电影院跑，可能是对自己儿时缺憾的补偿吧。

所以，大院并不是传说中的那么邪乎。里面有高干，也有中下级军官，以及他们的家属。那些大院家属和大院子弟，多数也和普通人一样，每天出门去赶车上班，为工作和买房发愁。“王朔们”也只能代言某一个阶段的大院。现在不少大院，人已经住不下了，只好到外面去和别人共建宿舍，围墙早已经打破。大院子弟与其他人并无本质不同，要说骄傲，只是因为他们的父辈是军人。

“老炮儿”是哪门炮

早年间有个社会阶层，叫士绅阶层，由乡绅、士大夫或者家族首领构成。政府管不了的事情他们来管，政府和小老百姓有什么冲突了，比如城管抄摊子这种，他们来调和。有人望，有权威，说话算数，上上下下，都敬着三分。用文艺腔来说，他们是政府和底层的润滑剂。

后来有了新政权，这个阶层被消灭了，但润滑剂还得有，出面担纲的，就是“老炮儿”。政府不管的，只能江湖来管。

“老炮儿”的特征就是爱管事，从鸡毛蒜皮到改天换地，只要觉得该管，就必须得管上。一方面，这是习性，另一方面，要是不管，自己的权威就没了。管事，效率还得高，不能没完没了死缠烂打，必须快刀斩乱麻一把一利落，所以，一件复杂的事，掰成几件简单的事，一码是一码处理，快。这是技巧，这一招，最该学的是公务员。最后搞不定的，碴架，谁赢了听谁的。

架是真打，往死里打，因为涉及面子、地位和生存。打完了，也许双方变世仇，也许变铁哥们儿，没准儿，看能不能互相理解了。

“老炮儿”，原本的含义是指四五十岁，一辈子阅女无数，而且还在继续嗅蜜的人，老流氓。后来泛指经验丰富成功率高的人。就好比他们嘴边带的“你丫”，原意是“你丫头养的”，骂对方是私生子、下人的孩子，后来简化为“你丫”，成了昵称了。好朋友之间说话，不带着“你丫”，显得见外。

电影《老炮儿》，因为最后的日本军刀和军呢大衣，被很多人误解了，觉得说的是大院子弟变老后的事情。有人顺势说到了《阳光灿烂的日子》，错了，不是。住大院的人，大部分住楼，他们的后代即便离开大院，也是住楼，绝对不会住到老胡同里去。住在胡同里的，肯定不是大院子弟，而是胡同串子。

大院子弟是大院子弟，胡同串子是胡同串子，他们本来生活在两个世界里。大院子弟是看不起胡同串子的，更不屑与之为伍，更不可能老了之后变成“老炮儿”，他们顶多变成王朔那样的“顽主”。其实，胡同串子这种带有侮辱性的称呼，也是大院子弟起的。大院子弟和胡同串子，就像现在一般人家的孩子与富二代官二代一样，彼此相望相杀，但似乎永远改不了身份的差异。“老炮儿”们之所以明里暗里暗示自己和大院有关系，多半是像现在有人和名人们吃个饭，一定要在微博上晒照片，

一定要 @ 任志强、潘石屹一样，是抬高自己的一种手段。

大院子弟对胡同串子，是一万个瞧不起，而胡同串子们对大院子弟，基本是羡慕嫉妒恨的状态。至于他们手里的装备，我宁可相信是年轻时打架斗殴从大院子弟那里缴的——这足够值得骄傲，就好比晓波从富二代手里嗅来一个蜜，也是值得自豪的。

胡同串子和大院子弟最根本的区别是，胡同串子待人豪爽仗义，大院子弟更促狭自私一点。这优点是大院子弟学不来的。所以，“老炮儿”只可能在胡同里出现。仗义每从屠狗辈，就是这个道理。

其实，《老炮儿》和《一步之遥》《让子弹飞》更有可比性，都是老男人耍酷装炫扮被解救的姜戈之作。只不过，《老炮儿》更贴生活，主角更弱势，也更悲怆。姜文演绎的是县长，是组委会主席，是一个地方最风光的男人，而冯小刚演的，就是一个底层。

大院子弟和胡同串子，都是哪儿来的？

其实所谓老北京，也不是真正的老北京。他们一拨是解放后跟着部队进城的军人后代，就是所谓的大院子弟；另一拨是50年代北京发展工业时，进城转为工人的农民的子弟，多住在胡同里，人称胡同串子。真正的老北京，八旗子弟那个味儿，骆驼祥子那个味儿的，早就苍老得不成样子，就是《老炮儿》里六爷一出门给点烟的那位。估计六爷小时候，没少受他教育，也许还交过手。所以，六爷代表的所谓老北京，也是移民，只不过是老一些的移民。他们对现在的新移民极其不忿，其实，他们的上一辈，也是在老老北京的不忿中，抢夺下这座城市的。

“老炮儿”们的自豪与自信，是建立在他们一辈子混胡同的经历上，建立在他们历经“文革”的沧桑上，建立在他们家藏的日本军刀、三八大盖军刺和军呢大衣上。年轻的时候，他们凭着这些把城市搅合得天翻地覆，形成了自己的规矩；现在，他们要用这些守卫城市。而那些新新人类，那些90后，他们的自信建立在钱和跑车上，他们的规则也建立在这上面。小飞说，你们有你们的规矩，我们也有我们的规矩。这电影说的，就是军刀对跑车、八哥对鸵鸟、老炮儿对小炮儿、新规矩对老规矩的对决。

城市就是这样，在大多数人看不到的层面，一直都有这样的对决。不同阶层的冲突、不同年龄的冲突、不同阶段移民和原住民的冲突。面儿上是偷个钱包、称呼人之类的小事，本质上，是谁守谁的规矩，谁认谁的江湖。这可是个原则问题。

对决谁赢了？看上去是“老炮儿”们赢了，因为小飞他爹贪污被一锅端了。可实际上，“老炮儿”们输得很惨。六爷死了，八哥鸟死了，儿子被打成脑裂，其他“老炮儿”们进了局子，这都不说了，全是外在的，最为关键的，还是他们赢的手段——放弃了自己万事不求人自己摆平的原则，写了举报信。六爷用一句“举报不是报警”为自己开脱，实际上是耍了滑头。举报也好，报警也好，都是依靠了外力，放弃了自己的规矩，实际上也就是放弃了自己代替士绅的独立的江湖地位。

输掉规矩是最大的输。

这就是“老炮儿”们的崩塌过程。用仗义、勇气、自豪和吹嘘鼓舞起来的士气，最终仍旧落得灰飞烟灭。完了，城市是我们丫的，也是你们丫的，但归根结底还是你们丫的。将来，城市还会是孙子他们丫的。虽然我不愿意交给你们，但我老了，死了，那也就没别的办法了。

可能，这才是《老炮儿》想说的道理。在世代变迁江山易主的时候，哪有什么固有的规矩？你给八哥起儿子的名字，等儿子养八哥了，让八哥管自己叫爸。这就是改朝换代了。

每一个地方都是这样，老一辈再风光逞强，终究有一天会被挑战，新的总会替代旧的，总有一天，新的也会变成旧的。

说点题外话，纯关于电影的。

有人觉得这电影“直男癌”。女人地位绝对不如男人，这是对的，胡同里就是这样。即便是赞美和喜爱，也都是居高临下式的。不过直男是直男，要说“癌”远远谈不上。话匣儿以及小飞的女朋友，这两位戏份儿最重的女的，可都是红颜仗义之辈。

“老炮儿”居高临下惯了，他们会这样看待所有人，包括女人。这么描述符合“老炮儿”心态。至于冯小刚本人是不是这样，可参阅《我把青春献给你》。

另外一件事，有道德先生指出，这部电影脏口太多。那没办法，创作者是在还原老北京的胡同味儿，堵脏口的事，该找广电总局，是他们把电影审通过了，而且还坚持不分级。

最后一件，有人觉得，这个电影在贬低90后——但我瞧看电影的小年轻笑得还挺嗨的，没人觉得是在贬低他们。因为，富二代官二代那些90后，只是一小部分90后，他们不是90后的大多数，他们也不是真正的坏人。就像“老炮儿”也不代表大多数50后，不代表大多数北京人一样。成为“老炮儿”的人，在生活中也是少数。他们只是这一群和那一群，不涉及全体。电影里的角色，有着这样那样的缺点，还真没谁是真正的坏人。那个真正的坏人是谁，大家心知肚明，他们既不是“老炮儿”也不是“小炮儿”，他们是彻头彻尾出尔反尔谎话随口就来没规矩的流氓。

管虎导演把故事背景安排在现今，比较理想化。其实现在“老炮儿”们都老得很了，管不住事儿，几乎消失了。好比说，我在电影院里坐着，电影开始了一段时间，有人晚到，发现自己的座位被人占了，就吵了起来，没完没了，以致激起众怒，有人嚷嚷要打110。

没有了中间那个“润滑剂”“缓冲层”，就是这样，多大的事儿啊，还得麻烦政府？

直到冯小刚和许晴激情戏开始，冯小刚搂住许晴的大蛮腰，争端才平息下来。

王朔的阴影

自从有个女王朔出书引发读者极度不愉快之后，想沾王朔光的人，纷纷改了口。大批写字的人都自称王朔的传人，原因是对自己的幽默感充满自信，非常想一步确立自己在文艺江湖上的地位。其实能称为王朔传人的只有一个，那就是冯小刚。据说冯小刚还是美工的时候，就能把王朔的作品大段背下来，有了这样的修为，王朔式的语言肯定能运用如飞，平时想事情说话都是这样的调。

但传人和创始人还是有差别的，这种差别与生俱来，并且维持到死，并非人工努力可以改变。这个差别是骨子里的，有那么一点悲天悯人、海阔天空，有那么一些傲娇，喜爱嘲人又喜欢自嘲。这些东西包括而不限于部队大院的印记、祖上留下的、年龄留下的、磨砺与读书得来的。就算后来者万分努力，但弥补得了一样，弥补不了十样。所谓底子、风骨，就是说这样的东西。冯小刚学不来，其他人更差了，连起码的智力都不过关，语言天赋糟到极致。

冯小刚的问题，就在于他长期生活在王朔的阴影之下，以模拟起家，最终难以超越。一旦试图摆脱，拍出《夜宴》《唐山大地震》和《1942》来，就显得底气不足。可这已经算很好了。平民百姓出身，还能保持人文情怀，比大多数的导演都强，希望他继续保持下去，至少要保持高于张艺谋、陈凯歌们的节操。

说起语言，有人就说王朔这是新京味儿，有人说是庸俗和大痞。不管说什么，都没有做过认真分析。世界上最烦人的事莫过于贴标签，给王朔贴了京味，就抹杀了他真正的风格。他的风格是什么？铿锵有力，充满节奏感，大量充斥着四字短语和排比，身居陋室而心怀天下，身居高堂而倾心江湖。最近几年年纪大了，锐气收敛，都有人说他慈祥了。其实也就是生活环境和年龄变了，想的事情和以前不太一样了。他以前嘲讽过中年人，现在他变成了自己嘲讽过的对象。没关系，就是自然现象。总不能要求一个人几十年如一日高潮，这不科学。

王朔的作品几乎一直依赖于他的生活状态，也是一个特点。不像其他一些作家，从作品中几乎看不出本人是男是女，性格是否乖张或者猥琐，一副俯视芸芸众生的样子。王朔并不化妆，他知道维持化妆的成本很昂贵，所以所写基本是所受。早期的《单立人探案》系列，更像是为维持生计而创作的悬疑作品，但原始的就是真实的，从中可以看到他的生存环境，也可以看到他的机智灵动和语言才华。那都是很好的王朔式语言标本。接下来是一系列高潮迭起的好小说，比如《一半是火焰一半是海水》《浮出海面》《我是你爸爸》《顽主》《玩的就是心跳》《过把瘾就死》。其中，《浮出海面》长期被忽视，不知道为什么，但这篇确实是用心之作。

从《动物凶猛》以后，王朔已然功成名就，无意再为饭碗奔波劳碌，号称要砸碎以前的东西。但不处于绝境，绝处逢生的力量就小了很多。

所以，一说王朔就说《渴望》和《编辑部的故事》，或者津津乐道《阳光灿烂的日子》，甚至《甲方乙方》，那不是真知道他。他的情怀在这些作品里显露很少，虽然也足够晃花人眼。

这一次《私人定制》挂了王朔的编剧，被影评人们一通踩，似乎王朔真的濒临绝境。对此应该说两个意思，一是千万别听影评人的，我看见的是一屋子观众笑得前仰后合，这就够了，还真打算让一部贺岁片出《低俗小说》的效果么？倒是有些影评人夸奖的电影让人昏昏欲睡或如坐针毡。影评人和电影院的经理一样，说话都不靠谱，他们说话也基本靠猜，猜中的和猜不中的一样多。二是王朔依旧只用了三分力，给他下定论，靠这个不行。

至于王朔的语言，就让他独自拥有吧。他已经扶持了一个徐静蕾，学他的骨子；扶持了一个冯小刚，学他的外在。这两位虽未到位，也都有水准。再找谁硬要当弟子，不是难为人么？往脸上贴金的，更显得不要自己的脸。所有语言都在变化之中，以后是否再出大师，完全可以听天由命，用不着现在的人去操心。

一次对电影的过度解读事件

《疯狂动物城》这部动画片，我居然看了两遍。第一遍是陪媳妇看的，后来她还想看，于是又陪她看了一遍。之所以决定二次陪看，还在于诸多写手对电影进行了过度解读。

于是，我也不由自主地开始了自己的解读。

这部电影，看第一遍的时候就不是很喜欢，虽说里边的小动物都很萌，但有几个细节让我不舒服。一个是兔子到处贴罚单——为了完成额度去贴罚单，虽然也合法吧，但是总让人心里别扭。第二个是狐狸制作了很多假冒伪劣食物——冰棍，还卖得风生水起，牟取暴利。我一直觉得在食物上做手脚的人很难洗白自己，无论是做冰棍还是做奶粉，没想到这个电影里，狐狸真的变成高大上了。第三个，无论扳倒市长还是副市长，证据都是靠偷偷录音录像获得的。看来美国人都已经把水门事件给忘了，你窃听我我偷录你的。

大多数解读评论，说这部电影是反对歧视的。熟悉美国的人还写文章，说这部电影在批评那个总统候选人特朗普。有人甚至把每个动物都和美国的某个层次的民众联系起来。总之，这部电影被解析得越来越深刻，简直每一步都有玄机，说近一点，仿佛回到解读《大话西游》的年代，说远一点，如同当年人们解析《红楼梦》或者《水浒传》。

看了这些鞭辟入里的评论，我麻溜地决定再陪媳妇去看一遍电影，看看我能不能喜欢上它。可惜了，两遍之后再解读，还是没喜欢起来，看来真是没救了。

我为什么就不喜欢《疯狂动物城》呢？首先一条，这部电影里的主角太正能量了。兔子勤奋机智，狐狸宽容诚恳，这二位搭档，一路都是阳光。调子太高，反而就不那么可爱了。当然，他们也各自有过挫折，有过童年的阴影，不过他们都神奇地克服了。这些，和我们的常识与生活相距太远。老实说，现在都在讲究给小孩一点“挫折教育”，不能想什么就是什么。可是兔子和狐狸二位，几乎干什么成什么，就算是身临绝境，也能得到黑帮大先生他闺女的神奇帮助。这种无瑕疵的人生故事，不就是大伙常喝的心灵鸡汤吗？一个老板，小时候去应聘都没人要，后来他受了刺激，拼命工作创业成功，现在成了成功人士……

其实我也不能就此说这部电影不好，但至少，设计得不够精彩，对不对？按大家说的，这是个“美国梦”。

然后我就得说说大先生这个事儿了。《教父》我看过，讲的是社会底层被逼成了黑社会，招来好多白道上的人合作，总之那些有头脸的家伙都是坏人，不是要钱就是要某个权力。黑道白道一勾结，黑道骨子里是看不起白道的，也成不了真心的朋友，全是利益关系。总之，几乎所有电影都遵从一个原则：白道为正，则黑道为邪；黑道为正，则白道为邪。若想正邪同在，则必须有人改邪归正。

可惜，《疯狂动物城》里向《教父》致敬的桥段，却把这个是非给抹杀了，搞得兔子和狐狸好有面子。说下天来，就是目的再正义，内心再纯洁，警察和黑道混到一处，警匪一家了，我也不看好。更何况，电影最后还把他们搞得很温馨，还认了教母。哎，黑社会的孩子认了模范警察当教母是什么后果啊？这还有点法治精神么？更何况这个警察是个张口就来 DNA 的血统论者。

接下来，就要说这部电影的大背景了。它的故事背景，就是某一天食肉动物和食草动物签订了协议，互相不吃了（主要是前者不吃后者），然后有食肉动物误食了草药，恢复本性。接下来此事被野心家和贪图发财的家伙利用，差点引起恐慌和动物大火拼，在警察兔子和搭档朋友的努力下，最终转危为安，化险为夷。看到这个背景，我就觉得特别不公平，尤其是对食肉动物来说，尤其不公平。想想看，吃肉是祖传的，食肉动物身体中的某种需求，决定了他们必须获取动物蛋白，否则就会生病，会死掉。仅仅因为需要吃肉和捕猎说它们凶残，不就是一种歧视么？至少是用一种歧视代替另一种歧视。动物，无论是否吃肉，都是动物，在大自然中都是平等的，绝不能因为它们吃肉，就认为它们道德有瑕疵。就好比吃荤的人，与纯吃素的人相比，道德智力上也不存在差别一样。到处都有左中右，和吃什么没有关系。

这部电影里出现了几种食物，比如冰激凌、奶油蛋糕和甜甜圈……噢，你们都平等了，彼此不杀戮了，你让奶牛怎么想？你让兔子们卖的胡萝卜怎么想？

所以我觉得，平等与不平等是相对的。在兔子眼里，狐狸就是危险的，带个防备狐狸的喷雾剂没什么不妥，就像在胡萝卜眼里，兔子也很危险一样，这与歧视无关。食草动物害怕食肉动物，也是理所当然，这不是歧视，而是自我保护。让处于食物链顶端的食肉动物放弃天性去获取食草动物的信任与平等相待，这种要求本身就不合理，电影所营造的乌托邦，就是骗人的，缺乏起码的基础，逻辑上也不成立。如果小孩子看了电影，相信了强者可以克制自己的天性，还要去获取弱者的宽容与不歧视，那就是害了小孩子。

有人说这个电影政治正确。正确什么呀，扯吧。童话都是骗人哒。

也许有人会说，一个卡通片嘛，当什么真啊。这可真怨不得我。先当真的是别人，那些夸这个电影的人，那些个正儿八经进行“美国社会各个阶层的分析”的人。许你当真，所以我才当真，当真看了两遍，当真深刻解读，当真喜欢不起来。

至于我媳妇为什么喜欢这个电影，她就说了一个理由：“因为萌啊。”平时最害怕耗子、去宠物店都躲着仓鼠的人，居然喜欢里面那些排着队的小仓鼠。当然还有树懒——树懒那一段，是这个电影最成功的桥段了，现在被做成各种口音的小视频在网上传，百看不厌。我觉得，要是没有树懒，这电影的票房得下去一大截。

评电影的大多数，都在深挖各种影射、各种意义。看电影的大众，就一个理由：“萌”。在网上也看了许多普通观众的观感，多数都和我媳妇一样。

要我说吧，努力深挖一个电影背后的含义，进行过度解读，也好也不好。好的是，这说明我们小学中学的语文教育深入人心，动不动大家就去找中心思想，想看出一个镜头、一个人物背后的深意来。不好的是，这样入戏太深，容易过犹不及。比如我们过度解读过《红日》《海瑞罢官》《武训传》，搞得许多人为了解读去创作……哦，这样真的好吗？

过度解读真是双刃剑，能让周星驰火到现在，也能让人掉进深渊。

所以，圈子里的人，在用解读来夸耀的时候，一定要慎重啊。说的不好了，到处都是话把儿。有时候思维简单一点，倒是好的，要不看个动画片，还把自己搞沉重了。

说起树懒，又想起一件事。前几天电影最火的时候，我听到一个电台，请了动物学家来讲里面的各种动物。专家非常严肃地说，电影里的树懒画错了，树懒只有两种，三根手指的和两根手指的，而电影里画了四根手指，这不科学。

听到这儿我就乐了，又是一个努力解读的——其实，动画片里，很多小动物都被画成四根手指，比如米老鼠，有时候人也是四根手指。这是个约定俗成的传统吧，据说最早的迪士尼动画里就有了，仅仅是因为画着简便，或者看上去美观，和真实的动物有几根手指没关系。

《疯狂动物城》之后，《荒野猎人》上线了……影评在招呼小李子之艰辛曲折之余，又开始谈美国的“原罪”、对侵略西部和掠夺印第安人的美化。简直——太深刻了。

私创作：精致到无心插柳的境界

在和大款投资方见面的时候，经常能看到他们剔着牙花子心满意足地说：你们是打算拍戏啊？其实我的经历就能拍，曲折极了，我告诉你们拍我的经历准没错，完胜人类历史上任何一部电视剧。

接下来，很可能是长达两个小时的絮叨，要么是自己从青春期开始的情感历程——暗恋失恋成功恋爱娶妻正房小三小四各种纠结；要么是自己的家族史，白手起家英勇抗日公司合作直到自己的爷爷手里家产败光，然后再重新起势。总之，好多有钱人都觉得自己是最丰富最沧桑的，绝对应该成为文艺巨著的主角。

说这些，是想说每个人都有一种欲望，或者一种本能，就是想抖落私事儿。大款们没有这份耐心和能力，总想雇人完成这个工作，他们会花钱请人写传记，然后给自己企业的员工一人买上一本儿。普通人当然没有这样的气派，只能自己默默地记载。但这样默默的记载，却是生动和吸引人的。曲折与玄妙永远难以生成最感人的故事，追求离奇和戏剧性反而失去生气。相反，即使故事本身平淡，但因为真实，因为不掩饰，也因为情绪的投入，反而会引起读者的代入感，成为优秀的作品。

这就是《平如美棠——我俩的故事》，记述者是丈夫，他在追忆逝去的妻子，也在追忆逝去的岁月。于是他将点点滴滴，尽数回忆，写下来、画下来。这让人想起另外一个段子，加拿大有个作家里科克讲的：比顿夫人的丈夫去世后，比顿夫人一道道记录着丈夫做过的菜，以此作为怀念丈夫的方式，最后写成了一本最受人追捧的菜谱。

这就是私创作，完全不顾及外界的、自我的创作方式。也许是为了记录青春，也许是为了记录生活，或者自己的爱人、自己的感受，就拿起了纸笔、打开了电脑、举起了相机，开始描述最为原始的、淳朴的生活。它的内容只是自己和自己的家人，他的创作者也只能是自己，如果假以他人之手，肯定有这样与那样的走样，而自己把自己的感受记下来，才是最接近真实的。

大家都知道日记怎么写，只可惜，小时候很多日记是作业，是写给老师家长或他人看的。其实，记日记的基本功用到自己身上，完全私密起来，无论采取什么形式，都可以成为私创作。

私创作也不是现在才有的，它一直存在着。比如荒木经惟的《爱的阳台》和《伤感的旅行·冬之旅》，就是一种私创作，前者描述自己的家庭生活，后者描述的是自己失去妻子的过程。人们在明知道结局的时候，再去看这种记录过程的东西，就会生出无限的感伤与共鸣。这就是私创作的力量。没有大叙事和大手笔，没有什么宏大叙事跌宕起伏，却能操纵读者的情感。

从本质来讲，私创作不是一种创作。它的初衷不是制造文化产品或者艺术品，而只是记录。但一旦公之于众，它又是最为真实的艺术，具有独特的美感。

《平如美棠》就是这样。简单的叙事，粗疏的画风，从中完全可以看出一个人对家庭生活的热爱。在时代变幻的背景下，我们能看到那些民国风的优雅气质，在一个家庭中逐渐褪去，取而代之的是艰辛别离、体力劳动和最后无可挽回的失落。这种体会，就是编辑所期望的“反映社会变迁”，它也许根本不是作者的本意，但读者的确能看出来。

从某种意义上来说，《平如美棠》这本书，也算是开中国私创作的风气之先，因为它被发现，被精心包装之后被捧到公众面前。它告诉人们，所谓艺术，其实是没有什么门槛的，唯一的门槛，就是真情实感和坚持不懈。现在，技术上的壁垒已经消除了，教育普及，一般人都能写出意思明白的文章，电脑似乎也人人都有，单反、微单这样的照相机更是操作简便，人人能掌握。这样看，每个人都可以成为一个私创作者，把自己的生活用各种各样的方式记录下来——或者说留下来。当然，没有必要去办展览或者谋求出版，它的最终作用应该就是给未来的自己或者子孙们观看，用来回忆、品味。

在私创作作品向公众公开的过程中，《平如美棠》做得也比较到位，富有特色的裸露线装、红布书脊以及厚重的纸张、故意做粗糙的页面裁切，都在形式上努力胜过其他的日记或者自传，靠拢着作者本身的身份与情绪。尽管这么做会让成本升高，但它本就不该是一本廉价的畅销书。在看惯了浮夸和粗制滥造的图书之后，静下心来翻这本书，叙述平淡但充实，而且充满代入感，就像看自己的父亲、丈夫在讲过往，无疑更有味道。无心插柳，随意拨弄，才算得上高手里的高高手。

《三国演义》里的漏洞

袁阔成先生仙逝，作为他的代表作，评书《三国演义》也成为经典，长期被人称道。不过，在这部评书里，有个小小的漏洞，那就是第四十回上，关公斩了颜良之后，跟曹操说，我这不算什么，我三弟才厉害，百万军中取上将首级如探囊取物。曹操就问了，你三弟谁呀？回答是张益德。于是曹操赶紧让人把这个名字记下来，“那时候没有笔记本”，就记在衣襟上。

听到这里的时候我还一愣，曹操怎么能不认识张飞呢？汜水关温酒斩华雄，张飞可是当着曹操的面闹过一回中军帐，差点被袁绍袁术轰出去，还是曹操拦着才平息事端。之后的煮酒论英雄、白门楼杀吕布，张飞和曹操都是面对面，熟人啦，还用得着记名字吗？

后来再查罗贯中的《三国演义》原文第二十五回，对话是这样：关羽说，我何足挂齿，我三弟张益德于百万军中取上将之头如探囊取物。直接说出了名字。曹操对手下说，你们都记住了，以后要遇到张益德不可轻敌。并且把这句话记在了衣袍襟底。也就是说，曹操记下的不是张飞的名字，而是不可轻敌这句警示。

当然，这个小小的漏洞并不影响《三国演义》这部评书的宏大与成就。它依旧是一部堪称经典的评书。

至于罗贯中的《三国演义》本身，也有不少漏洞。比如张飞的字，是翼德还是益德？《三国演义》里可是从头到尾写的张翼德，但《三国志》里清楚地写着益德。以史书为准，正确的写法应该是张益德，张翼德只不过是后世以讹传讹的叫法，虽然读音上并无不同。当然，也许因为翼德更有动感，符合豹头环眼猛张飞的性格，而且字与名相关，所以才流传得更广。

《三国演义》里还有个神龙见首不见尾的人物。这个人叫关索，是关羽的儿子。

关索是在诸葛亮南征孟获的路上出现的。大军刚刚出发，关索突然出现在诸葛亮面前，说是关羽第三子，于荆州失陷后逃到鲍家庄养病，现在病好了，前来军前效力。诸葛亮慨叹一番，就任命关索为先锋，大军继续推进。

然后——这个先锋就沉寂了，不仅南征孟获的战场只偶尔出现，后来用人紧张，蜀中无大将廖化当先锋的时候竟都没有露面。准确地说，没前因没后果的，他在《三国演义》中蒸发了。人哪儿去了？

罗贯中在写《三国演义》时，采纳了很多说书的素材，许多桥段来自民间。在三国题材的说书作品中，关索（也有人写成关锁）可是个重要人物。俞樾的《茶香室丛钞》里就提到，《陕西通志》记载，商南县有个廉康太子墓，这位廉康太子是三国时人。当时汉室衰微，廉康太子自称是汉室后裔，占了块地盘，想称帝，结果被关锁给平了。再比如地处江浙的武康县，有个严康屯兵处，这位严康是个半人半神的怪物，长相奇丑，力大无穷，爪牙为兵戈，皮肤是铁，只有喉咙两三寸是肉的。他的老婆叫鲍三娘。后来，关索来了，他长得太帅了，绰号花关索，年少美容仪，鲍三娘“悦而私之”，搞了婚外恋不说，关索还一箭射在严康喉咙上，把他射死了。可见关索在鲍家庄养病的时候也没闲着。

俞樾认为，廉康就是严康，关锁就是关索，时间上差不多，只是两个传说，一个在陕西，一个在江南，差得太远，令他百思不解。

湖北也有类似的传说。俞樾找到《古今图书集成》引《蕲水县志》说，汉末，当地有对漂亮姊妹王桃、王悦，美貌而武艺出众，决定打擂台招亲，谁打得过她俩，就把她俩娶走。当然，是又帅又能打的关索（这个故事里关索是关羽的长子）赢了，一举娶走姐妹花。但此前，关索已经有老婆了，就是才艺和姐妹俩不相上下的鲍氏女。但这又有什么关系呢？他是关公的儿子呀，一口气娶三个，也没人觉得不妥。

世界各地都有三国迷，在日本当教授的韩国学者金文京先生就是一个。他专门研究了关索的问题，提出《水浒传》里杨雄的绰号叫“病关索”可以说明好多事情，首先病中的关索也很厉害，这是毋庸置疑的；其次关索的传说历史悠久，不晚于《三国演义》《水浒传》成书的年代，在宋朝无论是官兵还是土匪，都有许多人绰号关索，甚至相扑的女选手都号称“赛关索”。

在金文京先生的著作《三国演义的世界》里，专文论述了关索。他发现四川、云南、贵州有很多地方都以关索命名，如关索岭、关索庙、关索镇，广元还有关索夫人鲍三娘墓。关索的足迹几乎遍及半个中国了。还有一些地方戏里，也大量保留着关索的故事。

关索到底是怎么回事？金文京写道：1967年，在上海嘉定发掘了一个古墓，明朝的，棺材里出现了一本成化年间的书，就是《花关索传》。

事情是这样的：刘关张桃园结义，相约杀掉家小，一起起事。刘备是光棍无所谓，可关张都有妻子，自己杀自己的下不去手，于是就互相去杀。张飞到了关家，还是不忍，于是带走关平抚养，放走关羽怀孕的老婆。关羽老婆后来生下的孩子就是关索。

后来就是母子离散，关索随世外高人习武，并且获得神力。接着母子相认，鲍家庄比武娶亲鲍三娘，并且杀掉鲍三娘原来许配的廉康太子。接着比武再娶王桃、王悦，接着投刘备，立大功，又被刘备义子刘封陷害，发配云南。再往后，荆州失陷，关羽罹难，关索玉泉山深潭中寻得青龙偃月刀，威力大增，活捉杀父仇人陆逊、吕蒙，血祭关羽。之后刘备去世，诸葛亮重新归隐，关索心灰意冷，大病身亡，三个妻子则归隐田园。

这就全串起来了。

可以想见，在宋元乃至明朝，关索的故事是多么脍炙人口，影响是多么巨大。也许是罗贯中本人，也许是后人，忍不住将关索加入了以《三国志》为基础的《三国演义》中，但是后来的编辑者或出版者，觉得关索故事太过突兀，与《三国演义》风格、走向不合，又尽数删去，但没有删干净，只留下投军这么一个小小的线索。

陈汝衡先生在《宋代说书史》里介绍，南宋时期的瓦子勾栏里，说书业很发达，一些文人则建立了“书会”，将说书内容整理、编纂，并且加入唱词（如镇场诗或赞词），供更多的人使用阅读。当然，他们也会根据市场需求创作新本子。

可能有一大批中国的古典小说就是这么来的，它们来源于民间的曲艺文化，成了精英文化，又被袁阔成这样的大家改回评书，继续提供给后来的大众欣赏、传播。这个轮回过程可能得经历数百年，这就难免会出现各种添枝加叶或者走形，有的比原著更好，被保留下来，有的不如原著，又被修正。而袁阔成先生最可贵的地方，就是最大限度地尊重了《三国演义》原著，还说出了自己的风格。这可比那些香港导演们胡编乱造瞎抒情要强得多。

当然，即便评书不时髦了，这些文本的轮回也会以其他方式进行下去，比如电子游戏、影视作品，还有难以更替的纸质书。想想看，如果出土的《花关索传》不是一本书，而是一块上千年前的软盘或硬盘的话，那大家也许永远都闹不清楚关索是怎么回事了。

你狠你都对

邻居来串门，说起烦恼事，是因为换房。

邻居和老人一起住，楼层较高没电梯，打算卖掉房子，买个低楼层的。费了很大力气，谈好了卖家，都要签合同了，对方突然变脸，不卖了。

不卖的原因，是因为这几天政策变了。贷款放松了，首付降低了，营业税也免了。对方直接联想到了房子要涨价，觉得不合算。反正一夜之间反悔，死活不卖。之前一切辛苦口舌白费。

我宽慰邻居，这算什么呀。想 2011 年我看房的时候，看中一家，房主说出差回来谈，回来就变卦，坐地涨了 20 万。这我也忍了，说那签合同吧，你猜人家怎么说？你要想签合同，行啊，那再加 20 万吧。嘿，把我当印钞机了？连中介都气不过，告诉我说别买了，这家是几个小哥们凑钱买的房，憋着涨价捞一笔呢。开始看行情不对，急着出手，没想到二手房火了，就一天一个价，中介都不爱搭理他们。然后，就没有然后了，

2012 年开始限购，交易量稀里哗啦的，那房子还砸在手里呢。

都是教训，可有人就爱被煽动，觉得自己是对的。那就没什么可说了。现在新房二手房，一片喊涨之声，不少媒体也跟着吆喝，有房产公司的老板坚定不移长篇大论，说六环路的新房都奔单价 4 万去了。说句实话，别的地方我不敢说，北京可没放开限购，我就知道购买人群增加的数量有限，大家手里的钱也有限，看着便宜才出手呢，您这儿坐地涨价，最后有价无市也没准儿。

退一万步说，就算楼市购销两旺价格上窜，政策就不会再变吗？咱们这儿最会变的就是房地产政策了吧？热了变，冷了也变，变得谁都难预判，比刘谦都花哨。只是，人总是把自己的判断力交由舆论决定，对某些禁不起推敲的逻辑深信不疑，因为声音大啊。

记得第一次遇到有着“坚决”的判断力的人，还是在小学。那次学校组织同学们去体育场看足球比赛，进场晚了，已经进了俩球了，比分是 2:0。当时同学们为谁赢着球争论，因为记分牌上打着，红队底下是2，蓝队底下是 0。有个小朋友坚定不移地说，蓝队赢着。他有鼻子有眼地讲：“告诉你们吧，那个 2 就是输球的意思。被进一个球才是加一分呢，底下分越小，表示输的球越少。这是我爸说的。”

他的表情口气相当肯定，不容置疑，其他小朋友都没词儿了，以至于我很长时间都以为足球比赛是这么算分的，直到多年以后看世界杯外围赛，中国队被人家淘汰，这个概念才扳回来。

另一次，是赶上批《水浒传》了。学校组织小朋友们看幻灯片，放的是《水浒传》里的插画，辅导员老师在一边讲解，正好放到李逵撕诏书一节，老师说李逵才是真正彻底的造反派，他撕诏书的时候大喊道："招安招安，招堪乌安。"同学们都听晕了，这"招堪乌安"是啥意思啊？可老师也没解释，这一段就过去了。

这个梗一直到我看《水浒传》原著时才解开。人家李逵明明说的是"招甚鸟安"。不知道是老师没看清楚，还是她不认字，那天是念错了。就这么简单，也就这么让人吃惊，老师都会错。

我只是担心，我的那些同学们，没工夫看《水浒传》的，是不是现在还坚定地认为，李逵说的是"招堪乌安"呢。

所以说，权威未必靠谱，爸爸不一定靠谱，老师也是。

当然，百度也一样。

说到《水浒传》，想起前不久给《大家》写稿子，说到《三国演义》人物关索，顺便扯了句《水浒传》里一个人物"病关索杨雄"，一句"病中的关索也很厉害"，没想到招来一片抨击，一直追着到微博，中心意思是，那个"病"字不是生病，而是"使……病"，是使动用法，"让关索也发愁"，或者就是"赛"的意思。有人肯定地说："这是研究《水浒传》的常识。"还有人干脆认为我是"满口胡柴"。当时我在外地，真的生气了，但手边没书，没法查。回来找《水浒传》原著看，第四十三回“锦豹子小径逢戴宗 病关索长街遇石秀”中写道：“因为他一身好武艺，面色微黄，以此人都称他做病关索杨雄。”单这一页就说了三次杨雄脸黄。脸黄像生病了，才叫“病关索”。同样，“病尉迟”“病大虫”也都是因为脸黄。所以，研究《水浒传》的常识是看原著。

不过我也奇怪，大家众口一词说得那么肯定，使动用法这种曲里拐弯的解释肯定是有根由的。于是就百度了，这才发现，是有人看了《水浒传》的前身《宣和遗事》，里面杨雄的外号原来叫“赛关索”，包括南宋龚开（字圣予或圣与）的《宋江三十六人赞》（见《癸辛杂识》）里，也写的是“赛关索”。到了《水浒传》里成了“病关索”，于是“病”等于“赛”，再解释一下，就成了使动用法。这是什么逻辑啊？可《宋江三十六人赞》里有“病尉迟孙立”啊，那四句赞是这么写的：“尉迟壮士，以病自名，端能去病，国功可成。”瞧，“病”就是“病”，宋朝也没使动的说法。

也许是《水浒传》作者觉得“病”字更有意思，脸黄突出人物个性，也许是其他什么原因传差了，才给杨雄改了外号，这些都说不准。但这不能推断出“病”是使动用法。原来刘唐的外号还叫“尺八腿”呢，不能说“尺八腿”就等于“赤发鬼”吧？张顺还叫“浪里白跳”呢，不能说“跳”就等于“条”或者“条”就等于“使……跳”吧？

糟糕的是，百度上到处都是使动用法的解释，有人说，这是在古代汉语课上学的。我没查到是哪个古代汉语课本，要真是这样，可太误人子弟了。

这个世界上有很多弄不明白的事情，也有许多喜欢充明白并且说话振振有词、掷地有声的人，因为他们的存在，这个世界就更混沌复杂了。他们往往以权威的姿态出现，或者潜意识里认为自己就是权威，就是对的，所以才会如此肯定，以至去影响别人。其中有一些还是故意的，因为有利益在里面。每个行业，各个年龄层，都有这样的人，这毛病不好。

说回到房子，尤其是涉及钱，那更得问几个为什么了。例如“反腐会导致大量房屋抛售、房价下跌”，言犹在耳，房价风向就变了。前一阵还有朋友跟我说，他的同学听了专家的话，把房子卖掉了，钱投到股市里去了。“房子不好卖，出租又赚得不多，还不如股市收益大。”听了这话，我只能呵呵了，在心里祝朋友的同学好运。专家们上下嘴唇一碰，口吐莲花，就那么爱听他们，爱信他们，爱附和他们？拿你辛辛苦苦攒的财产捧场？

十多年前还遇到一件事。一小兄弟，班上得好好的突然辞职了，结果一度衣食无着，蹉跎了好几年。问原因，他去上个成人高考的什么班，老师天天给大伙洗脑，内容是：你们年纪轻轻的上什么班啊？要像乔布斯那样，自己创业才有出息。这话每次都讲，说得班上的小伙子个个热血沸腾、跃跃欲试，结果辞职了好几个。

小兄弟就职于一家房地产公司，辞职没多久就赶上房地产大热，那班要接着上下去，原始积累也完成了，现在可以爱干嘛干嘛。可惜了。用北京话来讲，这种老师也是“真孙贼”。

可谁让每个人心里都有个权威呢？暗地里都希望别人给个好主意。

一个人可以叛逆父母、对抗领导，但就有一个肯言听计从拿得住他的人，这个人可能是邻家张奶奶、练广场舞的王二姨，或者是打小一块混的赵小蛋，而也总有人乐意充任这样的角色。

爱信不信吧，也许这就是命运。

这世界有太多不合逻辑的事

我们都有过这样的经历：一件东西，明明觉得它在某处，但就是找不到，过了一段时间，它在另一个地方出现了。想不清楚它怎么变换了地方。这种不合逻辑的事情，几乎总是在生活中出现，但因为事情太小，没人会耐心追究，最后只能怪自己脑子不好使。

大一些的事情也有。比如前两天国家旅游局发布“全国旅游价格信得过景区”名单，很多著名的景点都没上榜。可这类景点的门票又是当地发改委批的，不可能轻易涨价。有媒体追根究底地采访了一下，原来这个名单只要签一个承诺书就能上。有人不知道这回事，就“落榜”了。这也是件不合逻辑的事情。承诺书不是合同，签字是单方的，怎么就“信得过”了呢？别说游客对这类承诺不放心，旅游局自己拍拍胸口，真的放心么？那么，这样一个主意，这样一个榜单，怎么就轻易出炉了？怎么就正经八百通过而且公布了？当然，这个不合逻辑，恐怕也很难追究下去了。

接下来，还要说一件奇葩事。我有一个朋友，多年前在国营单位上班，那时候年轻气盛，想干大事，就和单位签了个合同，起个工作室，尝试“市场化运营”，说好单位投入多少，前两年会赔钱，但赔多少是有限度的。到了第三年打平手，第四年开赚。合同签下来，说明领导是认可的。谁知道干了不到一年，领导调任走了，新来的领导认定，“最不市场化”的就是这个工作室，接着就是提出新的要求，比如要工作室的骨干向单位缴纳风险金，作为继续投入的条件。

我这个朋友纳闷了，这不是毁约么？但为了能接着做下去，还是答应了。只是钱交了，彼此不信任的心理环境却造成了，自己工作室的管理也变难了，没多久就坚持不下去了。工作室经营失败，朋友只好辞职。在办辞职手续的时候，这位朋友在人事部门吐槽，说合同怎么就变废纸了呢？

人事部的人非常意外：合同？什么合同？

这次轮到我的朋友大吃一惊了。和单位正式签署的合同，一式两份的，难道没有备案么？朋友立刻拿出自己手里的合同原件，人事多方查找，发现单位里根本没存这份合同。

难怪这个新领导来了会对这个工作室有意见，因为他没有看到合同，当然会认为工作室只花钱没承诺，最不市场化，也理所当然地会提出追加条件。而我这个朋友以及他的伙伴，一直以为是领导毁约。这事能办得好吗?

这中间不知道哪个环节出了问题，导致单位存档的合同消失，导致大家辛苦白费，钱也花冤枉了。朋友跟我念叨的时候说了句话:“活该受穷。”不知道是说他的单位，还是说自己。

这事情不合逻辑吧?也是说不清道不明，而且无法追究。

奇葩年年有，今年到我家。

我住的小区周边有两条路，北边那条叫定泗路，南边那条叫七北路。这两条路向西连着立汤路、八达岭高速，向东可去京承高速。也就是说，我们小区，以及周边十几个小区，百十万人，想要出行，这两条路必走其一。

这两条路都挺宽，上下四车道，修好的年头也不长。高峰期也堵，但还不至于堵死。可前几年开始修一个规模巨大的未来科技城，载重卡车来回轧，就不平了，加上各种施工要占道，七北路变得坑坑洼洼，定泗路简直惨不忍睹，车速稍快就成了过山车。有一次没留神，轧过一个坎儿，把底盘都给刮了。

这样，就经常堵死了，交通广播时常报堵。于是，修路开始，我还说呢，好了，这回有盼头了。

但万万没想到，这事成了我和我妻子的心病。修路么，应该一条一条修啊，这回可好，一口气把七北路和定泗路全挖了，每条路封一半，只留另一半通行。想想看，本来就堵的路，剩下一半了，那就彻底走不动了。而且两条路同时动工，真有种上天无路入地无门的感觉。

堵到什么地步呢？就是公交车根本没法坐。原来乘公交到地铁站，就算堵车也就四十多分钟，现在四十多分钟，还没见着车影呢，因为公交车根本开不过来，每个临时站点，都聚集着大量等车的人群。有一次两大公交车迎面错车，堵在那里，俩司机师傅干脆隔着玻璃开聊，其中一个说，他从总站开过来，一站多点，拐两个弯，总共不到两公里，走了一个多小时。

堵车就费油，一费油，司机师傅就舍不得开空调了，眼看这天越来越热，罪受大了。

这种修法不是一天两天，已经修了一个多月，往后还要修多长时间，没谱。一种说法是修到六月中旬（交通台说的），还有一种说法，是“且修呢，怎么也还得俩月”（修路师傅原话）。

媳妇每天早晨要坐地铁上班，以前乘公交，现在彻底指望不上了。我只好开车送她去地铁，这属于添堵的行为，但完全不得已，至少能省四十分钟等车的时间。不过这也是有代价的，送到地铁站，我还得回来。有一次开回来，堵得恼火，到家都十点半了，一上午就这么消失了。

忍不住在微博上吐槽，立刻引来邻居们的应和。有邻居接茬儿：“没见过这么修路的，缺了大德了。”

我就想，修路是好事啊，怎么就变成坏事了？比如，把路分开修，修好一条再修第二条，实在要一起修，在修路时搞个安民告示，或者临时封闭几个路口，要么弄成单行线，或者多请点人维持下秩序，也不至于堵成这样。这回好了，这几个月，周边的人多少时间成本搭进去，损失得多大。

很难想象主管者是怎么想的，估计这也是个谜吧？难道他们自己不走这条路么？

其实，严格说来，看上去没有逻辑的事情，内在还是有逻辑的。只是这逻辑是个秘密，得花工夫去研究。普通人自然花不起这个工夫。一个正常运行的社会，应该由管理者、掌权者把信息披露出来，把逻辑解释出来，这样大家心里就有底了。只不过，我们这里很多人还是喜欢神秘，神秘了才权威，让人摸不透了才有优越感。不知道这个猜测对不对？如果不对，那么答案就剩最后一条了：笨。水平不行，笨死活该。

偷拍之辩

姚贝娜去世，刚开始的感觉，就是惋惜。很有才华的人，33 岁就走了。看到新闻，我回想起前几年去医院探望癌症病人，那次刚走进化疗的住院部，迎面遇见一个轮椅上坐着位姑娘，泪流满面。她的家人在后面小声安慰她，哭声已经收敛，但泪水依旧无法忍住。经过努力换来的好年华刚开始，就被无情剥夺，这在人心里，是怎样一种惨痛。

没想到的是，随姚贝娜去世而来的是一场道德风暴。随着经纪人的指责，《深圳晚报》记者偷拍姚贝娜遗体的事情几乎引起了全民公愤。网络上是一边倒的批判。我以前的一位同事，后来去《深圳晚报》工作过（现在已经离职），写了一篇理解老东家的文章，一夜之间被骂得狗血喷头。我把这篇文章未经评论转发了，意思是也可以看看不同的声音，结果不到十分钟就有人过来质问，难道未经家人同意去拍摄是道德的吗？

铺天盖地的指责，即便在《深圳晚报》道歉后也没停止。为这事，我把这份报纸这几天关于姚贝娜病重及去世后的报道都看了，得出的结论是，《深圳晚报》在报道这个事件时，并未采取狗血八卦的调子，而是有着完整的策划，自姚贝娜病重始，至建立一个以姚贝娜命名的基金终，自始至终，也都是正面的报道，对姚贝娜赞赏有加。出现问题的环节有两个，一个是记者未经家属同意进行“偷拍”，一个是未经姚的家人允许建立基金。我个人觉得，后者的性质甚至比前者更严重些，也更应该引以为戒。一个重点策划的连续报道，过于追求完美和理想的结局，让媒介掺入新闻本身去影响新闻的走向，是不合适的。这后面如果有利益关系，就更不可取。

至于“偷拍”是不是合理，则是很难把握的事情。新闻本身有三个特性：时效性、真实性和可读性。为实现这三个特性，最快速度给读者真相，在进行一些报道时，记者很多时候都需要偷拍，如果亮明身份，采访则无法进行。但具体到姚贝娜这件事情上，是否有必要进行“偷拍”，“偷”到了什么程度，则是值得探讨的。这涉及新闻伦理。凡事一牵扯“伦理”二字，就又复杂了，往往讨论上十年八载都无结论。例如几十年前就有《谁是第三者》这样的电影为小三洗白，当时还获得了好评。但到如今，小三依旧是人人喊打——可要是身边的熟人当了小三，只要不给自己造成伤害，则又成了可以理解的事情。

判断这次记者的“偷拍”是否合理，还有很多细节需要核定。例如记者拍摄的目的是什么？是为了赞扬姚贝娜捐献眼角膜的奉献精神，还是为了简单的事件炒作？记者进入的房间是最初所说的“太平间”还是“病房”，抑或是设置在太平间的“手术现场”？记者的进入是否经过了某些人的允许？这个人该承担什么样的责任？等等，诸如此类。这些细节都决定着整个事件的性质。甚至包括拍到的照片是当时就删除了，还是执着地上了报纸，都该影响到人们对整个事情的价值判断。

举个例子，多年前的一天晚上，北京某小区一居民家里煤气罐炸了，租住于其中的房客重伤。当时物业行动很迅速，立刻把小区封锁，任何记者都进不来。但他们忘记了小区里面的居民，也是有记者的。这位记者还在实习期，下楼围观的时候没忘了带相机，于是就有了全市唯一一张现场抢救的照片。结果是，这张照片成了报纸的头版主图，读者们第一时间看到了现场。记者不仅被转正，还拿了当周、当月和当年报社的图片大奖。同样是未经允许的拍摄，真的可以好好体会一下个中不同。和姚贝娜的事情相比，为什么一个就是嘉奖，另一个就是“不良”了。一百个人可能有一百个答案，决定性质的可能就是细节，以及个体对细节的主观感受。

可惜的是，公众没有足够的时间去等待所有细节的完整呈现（也可能永远不会有完整的呈现）。他们只是根据最初的印象与情绪，形成自己的看法。这样一来，一旦有人率先站到制高点上振臂一呼，一边倒的批判就会迅速占据上风，不仅自己加入了批评，而且也热切希望其他人和自己拥有同样的观点。一旦观点不合，就是非我族类，骂倒骂臭为止。这至少是中国互联网上的特色：划线站队、非此即彼、容不得他人反对。当然，这个特色不是互联网本身造成的。

现在姚贝娜事件已经趋于风平浪静了，该道歉的道歉，该和解的和解，但外面余波未平，应该思考的事情很多。新闻报道要求记者离现场越近越好，拍到和看到的越直接越好。一个称职的记者，总是想方设法去到事件的最前沿的，这是职业的习惯。只是中间如何把握“度”，非常难拿捏。

最后想说的是以下几方面：

作为媒介，不要给报道赋予过多的使命。别以为报道是正面的，采访对象就会和自己配合，会宽容自己做得不到位的地方。不要以为和一个人亲了就和所有人亲。媒介和谁都不亲，要在报道中摒弃杂念，做到真实客观即可。你正夸着对方，因为自己的错，对方突然翻脸，尴尬总是难免的。

媒介外的各个圈子，包括娱乐圈、文化圈、企业圈或其他各种圈，包括经纪人或者企宣，不要把媒介当成召之即来挥之即去的仆人，别把对方看成自己的工具。想发稿子各种示好，讨厌了就骂。媒介和所有圈子是互相合作依存的，但媒介报道内容的取舍标准不会顺着采访对象，不会以谁的意志为转移。

公众亦无必要视媒介如仇寇，把记者和狗仔划等号。哪个行业中都有拿着一点儿小权力寻租的，都有不良的，都有颐指气使胡说八道素质低的，但不能以此扣大帽子否定全体。出现纠纷了，要多问几个为什么，习惯看看各方面都是怎么说的，怎么描述细节的。如果细节有缺失或矛盾，不要立刻就无比果决地下判断——有时候你还义愤填膺划线站队呢，人家双方已经和解把酒言欢了，这样的事情也是经常发生的。

记者怎么越来越不招人待见

有一次我的窗帘被猫拽坏了，请了装修师傅来修轨道。边干活边聊天，他听说我在报社工作，一下敬仰起来，说哎呀你是文化人啊。

我说谈不上，做媒介这个工作，和装修也没什么区别，都是体力活，都是为了吃饭。本来我还想说说新闻理想什么的，但看师傅满头大汗，我在旁边抄着手，没好意思说。师傅觉得我是谦虚，接口说，记者嘛，就是文化人。你看我们村，年轻人都进城，有点文化学习好的，全当记者了，剩下不行的，男的就搞装修，女的就当小姐。

这话说的，好像世界上就三种工作似的。这也是我头一次听到有人把记者、装修工、小姐并列在一起比较。后来杂七杂八聊了很多，但这句话给我印象最深刻。

这么比似乎没什么不好的，因为现在的新闻报道强调快，就跟狗熊掰玉米棒似的。今天的热点，到了明天就会被遗忘。总的来说，当记者可真没什么技术含量，只要求勤快、胆大心细、能吃苦，有这几条，门槛就算过了。这么讲吧，学新闻的，不一定干得了别的专业，但学其他专业的，一定干得了新闻。所以，很多年轻人到大城市打拼，都会首选媒体做跳板。一是可以熟悉这个城市，建立人脉；二是还能有点优越感，苦中作乐。

这和十年二十年前不同。那时候，当上记者可是件了不起的事情，要是在商店里和黑心老板发生冲突，拿出记者证，对方立刻认㞞。要是赶火车没买到票，拿着记者证能上车，再去找车长补卧铺，车长真当个事去办，一般都能解决，除非卧铺真没了。要是现在这么干，所有人都会笑，弄不好还会报警说你敲诈。

曾经的这种特权，来自人们对这个行业的尊敬。当时坐在小酒馆里，记者们讨论的都是什么呢？小到一篇报道采写的经过得失，大到中国前进改革的方向。年轻人想的也不是混饭吃，而是想自己如何去做媒体。大家都觉得自己是国家进步的一个推动力，个个铁肩担道义的样子。这种激情来自老报人的言传身教。当年我刚工作没多久，是新手，写了稿子，立刻就有报社的老记者给我打电话，跟我认真地讲，这稿子好在哪里、不足在哪里。有时候稿子写得不理想，部门老编辑就让我踏实下来修改，直到我改得想吐，表示实在改不动了，他就会把稿子拿过去，自己重新写一遍，然后让我对比。稍微出点彩的，就会有人贴到评报栏里，写上点评，全报社的人都能看到。这些编辑记者当时都是大名鼎鼎，但和我都不熟。

这种热情曾经延续了多年，我在几家媒体工作过，当年接触的实习生，已经有三个成为总编辑，一个成了很著名的记者，一个成了知名的主持人。

这和现在的实习生不一样。现在的实习生，能按时完成报社交给的任务已经算是优秀，能动脑子的、真想在这个领域做些什么的，如凤毛麟角了。大多数人觉得，媒体只是跳板。要在一个城市立足，总得有个起点吧。

尽管那个时候记者有不少小特权，不过真正的大腕儿记者从来不在外面亮记者证。不是不能亮，而是觉得这是欺负人。大家更愿意微服出访，和普通人一样，这样才能看到真实的生活（意识里是真把自己当干部）。

现在媒体人爱亮证的多，可越来越被人瞧不起，原因有很多。比如新媒体发展了，自媒体发展了，人们就不爱看报纸了。以前地铁里的人，都爱买份报纸看，现在全玩手机了，不是看鸡汤就是玩游戏。比如管控很严，调查报道（以前叫深度报道）费力不讨好，大家就只好在快上做文章，拼速度，想用速度去避免内容同质化，记者们几乎没有机会去深入一件事，蹲守上几个月去做调查。房子限购、汽车限购，让支撑纸媒的两大广告支柱坍塌了，等政策放宽，广告商们都瞧出新媒体的好来，全不投纸媒了，让媒体的经济陷入困局。于是，人才流失增加，从业人员的素质、心劲儿都掉了下来。可以说，困局是全方位的。一些难以为继，一些勉力维持，办得好又挣钱的并不多。

但即便如此，我还是认为记者分三六九等。这个行当能让人变得猥琐，也依旧能让人变得优秀。完全看从业者本身图的是什么。

前一段时间，有个不是记者的朋友过了把记者瘾。她遇到了一个自己喜欢的演员，俩人还正儿八经聊了，于是认真写了专访，几千字，发给我。模式就是专访明星的模式，都是从媒体上学来的，而且学得很到位。她问我能不能找地方发表，这让我很为难。我对内容没意见，但觉得以粉丝的态度去写明星，不是规范的采写方法，而且找人发稿，尤其是娱乐圈稿件，还这么长，是个极为痛苦和丢人的事——因为对方会理所当然地认为你收钱了。所以，她的这个要求我拒绝了。

朋友后来自己找到当地媒体，果然，人家问她要钱。她这才恍然大悟，圈子原来是这样。

很多话没法细说。本来我想说的是，就算你想进入媒体圈子，试着当一名记者，也不要拿娱记当起点。不是说娱乐圈不好报道，而是大量的娱记把名声败坏了。发稿要钱是一条，捕风捉影又是一条，搬弄是非再算一条。比如前几天郭美美案开庭，某记者居然写出了《郭美美案开审，林妙可爸爸抢新闻》这样的新闻。林妙可爸爸是摄影记者，去工作而已，把这事扯到标题里去误导读者，有意思么？

娱乐圈里有很多可写的东西，比如电视剧、歌手、大型综艺节目是怎么运作的，内部规律是什么，为什么会存在抄袭、枪手这类现象，明星们为什么负面新闻这么多，内在有什么原因，等等。可惜，这么多年，此类报道很少，多的是八卦、小道消息。这些,美其名曰读者爱看。可读者不也是媒体培养的吗？

早年间这个圈子我也进去过一段时间，的确很降人格，受不了就划清界限了。不拿钱，别人使唤不动你，觉得你不仗义、各色；拿钱了，别人就有权对你呼来唤去，真拿你当丫头雇工使唤。难怪那些娱乐单位的企宣，张嘴闭嘴就谈什么时候炒作什么时候宣传，什么时候上纸媒什么时候消负面，搞得自己能操纵全国媒体似的。需要的时候，招来大把记者，不需要的时候，到处骂记者无良，内心是绝对瞧不上记者。难怪影视作品里老把记者描述得跟苍蝇似的，都是二缺鸡贼，因为他们接触的人就是这样，确实低贱。

真正想当个好记者从哪里起步？应该从社会新闻、社区新闻开始。多跑案件、突发，多去现场，多练练说话提问，学习如何把陌生人变成向你掏心窝子的人，发展线人、学会观察，慢慢地就会觉得可写的新闻写不完，实际上就是锻炼自己的新闻敏感。这些都是基础，本领具备了，就可以想办法按照自己的兴趣去跑口，政府机关部门什么的。两个领域跑完，立马就明白很多社会矛盾的根源，知道不同阶层的思维模式的不同，不会当愤青了。接下来，可以当某个领域的专业记者，逐渐变成这方面的行家。当然，就记者这个行业来说，最高端的还是调查记者，追根溯源写深度报道的，采写过程就是人品和各种综合能力的体现，最显功底。

只是，这个培训周期需要时间，往往得三五年到十年以上。现在的媒体往往没这个耐心培养，基本抓来一个人就用。而调查记者又实在不好当，丢饭碗的、锒铛入狱的也有。很多媒体人，本来很不错的，干到一定程度就跳槽改行了。没有力气担风险，又不想同流合污，那就走呗，哪哪儿 TV 不都离职潮了么？其实只是媒体离职潮的缩影。有几个月不去单位，就会发现熟人又少了很多。

大量的人才流失，造成了行业整体水准下降。

可是，很难想象一个正常社会不需要记者，因为不管是官员还是老百姓，人们总是需要真实信息的。在现在这个世界上，没有真实的声音，欺人以及自欺，迟早崩溃。所以，记者这个行业永远有社会需求，消失不了，不管稿子是发在纸媒还是互联网上。

从这个角度来看，这行当还真和装修工人、小姐差不多。

前些日子中学同学聚会，有个同学小孩快高考了，特想考新闻专业。同学就问我的意见。

我说：不建议考新闻，去学点别的有用的吧。学成了，也能当记者。不过，记者这个行当，要么别沾，沾了就往好里当。还有，千万别当娱记。

那时候都喝得差不多了，也不知道说明白了没有。我想应该是明白了。

人人都有过一个民科的梦

国外的科学家们证实了“引力波”，不曾想引起了国内对“民科”的争论。起因是几年前的电视节目中，谈到“引力波”的“民科”郭英森曾经被主持人无情嘲弄，说了半天，也没说出自己的观点和主张。一番炒作下来，“民科”成了个热词儿。

老实说，我自己对这样的争论不是特别感兴趣，因为科学家们的“引力波”我还没完全理解，就更别提“民科”的了。不过，对于“民科”，我却印象深刻。80 年代末 90 年代初，我刚毕业到报社工作，首先要去群工部见习，拆读者来信，然后把它们分到各个部门去——这其中有大量的来信都是“民科”写的，主要内容，一大部分在证明“哥德巴赫猜想”，另一大部分说的则是“永动机”，还有几篇讲的是“水变油”。它们大多数只是直接写在信纸，甚至是白纸上，字迹潦草，一瞧作者就是性情中人。带我的老师说，这些信基本可以直接处理掉，因为无法回复，没法讨论，也不能当作新闻线索。

我还真拿了一封研究永动机的信回家琢磨，看来看去，自己差点没掉进去，记得也画了张图，后来发现有个关键点解决不了（是什么已经忘记了），于是放弃。

为什么那一阵“民科”那么多？因为有一篇报告文学叫《哥德巴赫猜想》，写陈景润的，说他证明了“1+2”，“1+1”还没攻克。那时候兴学习科学，很多人不仅学了陈景润的精神，还要赶超他的学问。大家都在奋勇争先地研究“1+1”。印象里，破解世界难题之风如此汹涌，以至于陈景润本人都发信劝大家别再浪费时间，要先把基础打好。

那个年代是“民科”高发期。不过在当时，“民科”现象基本被视作积极的，毕竟，这从一个侧面体现了人们对科学的热爱达到了前所未有的高度。爱科学比爱斗争要强。“民科”没什么坏心眼儿，只不过讲究不了方式方法而已。

看得多了，发现“民科”喜欢挑战的，大多是困扰人类的高精尖难题。“哥德巴赫猜想”“永动机”什么的，还有人直接挑战牛顿、爱因斯坦，另外一部分人则热爱医学，直接去灭癌症，甚至要突破生死界限。你受过高等教育，有专业训练又怎样？你毕竟不是神仙啊。万一有什么思路你没想到、忽略了，那不一直引着全人类钻死胡同啊？所以，就需要“民科”来填补。所谓“王侯将相宁有种乎”，说的就是这个。

其实，人类社会发展很长的阶段，进步还真是靠“民科”的。那时候没有高等教育，没有系统的分科的科学，跨界的事情常有。一些科学故事，也都在强调科学发现的巧合性——苹果掉了，带来了万有引力；水壶开了，带来了蒸汽机车；放个风筝，人们发现了电……这些故事本来想说明观察与思考的重要性的，没曾想却给人眼前一亮突然开挂的感觉。这有什么难的啊？

应当承认，“民科”中有很大一部分人是要献身人类进步和科学探索的，精神值得肯定，但办法需要商榷。倾家荡产，让人同情，可同情并不对科学起作用。还有一部分人，则是想挣钱的，而且往往能挣一大笔钱。这类“民科”在医界是最出风头的。多年前我就遇到一位，开了个医院，卖中草药，说是治癌症的，自己琢磨的偏方，几千元上万元一个疗程，让人一口袋一口袋往家搬。熟人介绍，跟他喝了次酒，跟我吹牛，说两万块钱就能买《人民日报》一个整版帮他做宣传。我说好啊，我等着瞧——等到现在，也没看见这个宣传出来，倒是几年以后，听说他因为无照行医什么的进去了。这类人多是不靠谱的骗子。有些人不信中医，不是因为中医本身的问题，而是因为中医里混子多。“民科”也一个道理，有几个大忽悠，就容易把“民科”毁得不招人待见。这是“民科”让人避而远之的原因之一。

“民科”也不仅仅就针对理工科。我们通常理解的“科学”，当然也包括人文、社会、艺术什么的，比如研究《红楼梦》，就已经被包装成科学了，还有一帮“红学家”，形成一个圈子。这方面往往有“民科”成功的先例。几年前，身为作家的刘心武先生就出版了研究《红楼梦》的著作。不过在当时引起了“红学家”们巨大的反弹，各种抨击批判。没想到的是，这种抨击引起了舆论对刘心武先生的支持，以及对正规“红学界”的冷嘲热讽。刘心武先生的书不仅没黄，而且还卖火了，印数比好多“红学家”一辈子的作品加起来还要多。这是一个非常有趣的现象，在过猛的攻击之下，最先受到力撑的往往是“民科”。

为什么会这样？原因也很简单。专业人士，往往是一个圈子，要进这个圈子，门槛挺高，教育程度、研究成果以及与圈子成员的私交等，都可能成为门槛。有了这样的门槛，新进者涉足，往往要花很多代价，这就造成了专业圈子的闭塞与神秘，随之而来的是居高临下的眼神，是不屑一顾的表情。对待“民科”，许多专业人士都无法耐心倾听，实际上，他们也根本没有精力保持耐心，这往往形成一种“你听都没听看都没看就否定我”的态势。想想看，一个人苦心经营多年搞了个“成果”，还没仔细展示就被断然否掉，怎么可能不引起普罗大众的同情？怎么可能不对权威们心生厌恶？这种情势下，一旦出现讥讽和蔑视，一旦有人把这当个话题拉起仇恨，自然会带起对权威们的批判，甚至没有什么人去具体了解“民科”们的主张对不对，人们反感的只是态度。

在某些领域，尤其是不需要大量实验、观察去证明的领域，不需要巨大成本的地方，“民科”往往会占据上风。比如几年前“当年明月”在天涯论坛煮酒论史上写《明朝那些事儿》，曾经招致过巨大争论，有史学圈子的人，对这种作品表现得相当蔑视，但最终的结果和刘心武先生类似，《明朝那些事儿》成功地利用了争议，成了到现在还畅销的书籍。类似的事情还发生在文学圈，十年前网络文学刚刚出现的时候，曾经饱受专业文学圈的诟病，批评网络文学缺乏文字训练、缺乏生活基础，生编滥造。但现在，靠文字当网红的比比皆是，从网络文学衍生出的畅销书、影视剧也很多，地方作协已经靠拉网络作家入会来聚人气了。而不少在圈子内的专业作家，还在靠着互相吹捧和孤芳自赏过日子，有人要出本书，还需要“自费”。

并不是说“自费”出的书就一定不好，只是说，在一些领域，确实是不拘一格降人才。没有读过中文系、历史系又怎样？不是专门的研究人才又怎样？民间人士照样也有抢风头的能力。

其实，每个人都有过“民科”梦，梦想过在某个领域飞黄腾达。只不过命运之手过于强大，往往会让人坠入按部就班的生活，把这样的梦想扼住。这种梦想不一定是当科学家，比如有人想当木匠，最后却当了皇帝。在小时候，谁没异想天开过？谁不是还没走利索就想着跑？

说到底，对“民科”该持一种什么态度呢？我倒觉得不要站队，不要简单地以支持或者反对来划线。现代科学的确分支越来越细，但跨界融合也越来越多，更何况，也得允许平民英雄出现啊。什么行业都需要有屌丝逆袭命运大转折的故事，不能把这种偶然的道路封死了，要不咱这个社会也不好进步。

不过要真遇到“民科”，也得防着点，先看他研究的是不是靠谱，直接挑战人类底线的就算了。要是真忽悠人的，无论是提供信息水还是高利率贷款，都躲得远一点。

要是我自己有孩子，搞个小发明小创造，对交通安全城市治理提点建议啥的，我都支持。要是上来就红口白牙要灭爱因斯坦灭牛顿的，我就得警惕了，必须找个医生，有病该治就得治的。

女人的“直男癌”

想起这个话题，是因为一件事。

我有一个认识多年的哥们儿，留学回来做公司，颇有积累，生活工作都顺，春风得意。只是命运残酷，几年前突发疾病，去世了。留下老婆、孩子和两套房产。

这是个意外悲剧，但已经过去了。重新提起是前几天，一次聚会上，有个女性朋友提到他。这位女性和他共事过，大家都熟悉，她问的问题是：“某某的老婆，后来又再嫁了吗？”

没有。这几年，哥们的妻子一直带着孩子生活，并未再嫁人。也许是没遇到更合适的人，也许就是觉得目前的生活状态挺好。

得到答案后，这位女性朋友长出一口气，说：“那太好了。”

我们还以为她要给人家介绍男朋友呢。没想到她的想法是：“要是又嫁了，某某多亏啊，辛苦半辈子攒下的房产，最后都要变成别人的了。”

大家都很吃惊。也是受过教育、出过国、见过世面的人了，怎么还会有这样的逻辑？哥们儿没享到福虽然很亏，但房产什么的，可是夫妻共同打拼的成果，两个人都有份。再说丈夫去世，妻子继承丈夫那份，天经地义，今后怎么处置，是人家自己的事，不存在亏不亏的问题。为这个操什么心啊？

后来背后议论，大家都说，哎呀，女人对女人可真狠，“直男癌”起来，更可怕。

2016 年 3 月份的时候，某网站做了个挺无厘头的调查，最后的结果是，中国男性中，有将近四成的人是“直男癌”。之所以说这个调查无厘头，是因为它只把男人分成男神、暖男、直男癌这么几类，不科学。而且直男很多，到“癌”的程度，只是其中一部分。其实，得“直男癌”的，女性也不少，上面就是一例。说别的女人“绿茶婊”“心机婊”，这“婊”那“婊”的，也是女性多。

电视剧《欢乐颂》里，把樊胜美往绝路上逼的是她妈，她妈就是典型“直男癌”，家里有个儿子，多不争气，都小心翼翼供着，女儿就是儿子的提款机，完全无视人格。据说电视剧播出后，网友无数吐槽，都是和樊胜美一样遭遇的。我也认识这么一位，在北京工作多年了，几乎所有积蓄都寄回老家给了弟弟。弟弟盖房需要她出钱，结婚、买车需要她出钱。这姑娘后来嫁了人，小两口租个房子，没日没夜工作，还是架不住家里三天两头要钱，拖累得男方都失去耐心了，最后他们闹到了离婚的地步，还是朋友们多方劝导才保住了婚姻。一个残酷至极的妈加一个唯命是从又无可奈何的女儿，维护的核心是男性，这不是“直男癌”是啥啊？

按说，女性都会维护自身的利益，至少不该站在男性立场上敲打其他女性。但这种现象又随处可见。这还真值得好好琢磨琢磨。我想，一种原因是男权思想潜移默化的影响，毕竟是祖上留下来的，就算受了教育，天天喊男女平等了，骨子里的男权至上还是存在，即便是女性，也会不自觉地对其认同。另外一个原因，则复杂了——人人都需要表现出一点优越感、操纵感，而维护男权，维护男人的过分利益，成本相对小。凌驾于男性之上比较累，最容易的，就是凌驾于比自己更弱的人上面，比如其他女性。

以上，说的还只是经济方面的体现。女性“直男癌”在生活上表现得更加令人咋舌。

比如在“痛斥小三”这件事情上，一些女性往往比男性表现得更为极端，也更为猛烈。不要以为她们是在维护女性的权益，恰恰相反，她们攻击的对象是女人，要么是小三“臭不要脸”，要么是原配“愚钝”，男人在这类事情中该负什么责任，却很少提及。

说起这件事情，就不得不提起二十年前的一部电影，叫作《谁是第三者》，当年轰动一时，讲的是一名教授和学生之间的恋情，当然最后的结论是教授的原配妻子才是“第三者”。影片把原配完全写成了反面角色，拼命歌颂教授与学生之间的浪漫、纯洁，看得人坐立不安。奇特的是，这部电影的导演还是一位女性。当时有人说这部电影体现了思想解放，实际上还是站在女性角度上维护男性利益。创作者只是把原配和“小三”对立起来评价孰是孰非，而男性则完全被摆起来，放在了“受害者”的位置。

其实，“小三”这个词本身就如同各种“婊”一样，带有人格上的贬义，使用频率最高的还是女性。在感情出轨这件事情上，无论是只贬低原配还是“小三不能有好结果”，都是“直男癌”发作的症状。而许许多多的“直男癌”女性恰恰就是在这一点上露了马脚。讴歌、赞美薛涛、梁红玉、苏小小、董小宛、小凤仙，到了现实生活中却敌视、贬低、攻击“小三”，如事情到了自己或者熟人身上，不慎做了“小三”，双重标准再度祭起，又开始找理由维护婚外恋情了。

网上经常有原配暴打、扒光“小三”的新闻出现，标题制作者则热衷于“赤裸”“走光”“围观”这样的词汇，至于打人者是否触犯法律、男主角是否承担了责任，则统统忽略。其实，一些女性之所以用最极端的形式攻击“小三”，是因为担心自己的利益受损，而利益系于丈夫，依旧是男权主义，也就是“直男癌”。

由于“小三”增多，实用主义的文章也多起来，诸如如何辨别丈夫出轨、如何在丈夫出轨后打败“小三”之类，不一而足。文章千差万别，归根起来也只有一句话，女人要宽容、要机智，要做得更多更好才行。就好比消费者买了假货，不是归咎于商家无良，而是归咎于消费者不懂得辨别真假一样。

有婚外恋的原因成千上万，女“小三”多，男“小三”也有。有的可理解，有的不可原谅。这里不对婚外恋情进行是非评判，只说一点：统统把责任归结于女性是不公平的。但在一些女性看来，作为对手的女性，比自己依托的男性更为可恶，这也是一种“直男癌”。

女人中的“直男癌”不是“女汉子”，也不是“女权主义”，她们的特征就是一切围绕男性设定思维，设定是非，决定行止，在同性面前表现得刻薄或凶悍。糟糕的是，现在的许多作品，尤其是网络小说和电视剧，依旧在延续这种思维，如古装的宫斗、现代的霸道总裁和“斗小三”戏，里面的女性就是如此不堪。这些剧集又备受热捧，怕是要又培养出一茬茬的女“直男癌”了。

中国人的世界杯情结：从“不服”到“赚钱”

1978年6月25日，阿根廷世界杯决赛被当时还叫北京电视台的央视转播。漫天飞舞的彩屑和纸带，狂野的球迷和狂傲不羁的球星们，让中国的观众目瞪口呆。很长一段时间内，年轻人的主要话题都是肯佩斯、荷兰、全攻全守这样的词汇。

那个夏天，世界杯通过转播信号，第一次“来到”中国。

20年后，1998年法国世界杯。当时互联网还不是很发达，人们获得世界杯的消息依旧要靠报纸。我在一份小报办世界杯特刊，每天熬夜，为的是把刚刚结束的比赛结果印到报纸上，在早晨7点前送到地铁里。短短一个月的时间，这份报纸的发行量就从4000份狂飙到了8万份。清晨结束工作，走出报社，能看到大大小小的报贩，开着面的、推着平板三轮、骑着摩托……各式各样的运输工具在印厂外排起长队，等着运走油墨未干的报纸。在地铁里，那些提着包匆匆上班的人们，买上一份报纸，急切浏览，他们就想知道谁赢了。

看着这火热的场景，会让人觉得匪夷所思。没有中国队参与的比赛，竟然会让成千上万的中国人如痴如狂。四年一次，世界杯就像水和粮食一样，成为很多人的必需品。他们为之癫狂、哭泣、欢乐，甚至计算着今生能看到多少届世界杯。但他们没有主队!

细分之下，这个奇怪的心态也可以分成三个阶段。

第一个阶段，从1978年开始，到1990年。这一阶段中国的球迷关心世界杯，主要还是盼望着中国队闯进决赛圈，看世界杯的最终目的，也是要看看中国队和人家差距有多大，有没有打败世界强队的能力。那时候中国足球在亚洲还是数一数二的，很多国外队伍和中国球队比赛后，都会留下一句话：怎么这么有实力的队伍会进不了世界杯呢?

那时候的中国队在亚洲没什么可怕的，“恐韩症”还没有发作，踢日本更是不在话下，唯一势均力敌的对手是西亚的沙特、科威特、伊朗那些队，但交手也是胜多负少。但倒霉的是三届世界杯预选赛都倒在了阴沟里，1981年是被新西兰和沙特联手算计，人家打了默契球，把中国队卖了；1985年是在小组赛中意外输给了香港队，酿成“5 · 19”事件；1989年是连续两个“黑色三分钟”。很多球迷并没有意识到这是实力问题，仅仅认为是运气不好。

如果能给90年代前球迷的心态下个总结的话，就俩字儿：

“不服”。看世界杯，“不服”的心态居多，瞧见亚洲球队被虐，大家会说，还不如让中国队去。

1994 年到 2002 年这三届世界杯，可以说是中国球迷关心世界杯的第二个阶段。那些年，央视和地方台开始大量转播欧洲联赛，人家比赛的水准之高，让中国球迷如醉如痴。渐渐地，很大一批拥趸有了自己的偶像，这些球星所在的队伍也成了球迷心中的主队。但在这一阶段里，中国队的表现越来越差，1993 年预选赛小组没出线，1997 年竟然因为最后一战对沙特算分错误，采取了保守的战术失去出线资格。2001 年，日韩不参加预选赛而沾光进入正赛的中国队，被打得七零八落。如果说以前几年还有什么不服的话，这几年是彻底服了。

记得 1998 年办世界杯特刊，夜里看球做版的时候，有编辑看着电视屏幕，满脸艳羡地说：“我要是巴西人或者德国人，该多么幸福，哪怕是尼日利亚人、喀麦隆人、科特迪瓦人也行啊。”

和世界杯上那些队伍相比，中国队确实有着让人无法理解的一面。你说经济决定竞技水平，非洲那些穷国也能出线，也能打败强队。中国经济搞得不错，可足球却是一地鸡毛；你说国运兴球运兴，可刚刚发生过战乱的伊拉克就能打败你中国队，运气还有比他们更衰的吗？你说是体制问题，朝鲜踢得都比你强。你说是饮食结构问题，但人家日本韩国却风生水起。

结论只有一个：足球的管理者和参与者水平太低，要上进心没上进心，要责任感没责任感，甚至廉耻都没有了，他们自甘堕落，他们自暴自弃，完全不值得为之动容。其实很多领域都有这种现象，凡是越搞越砸的项目，都与管理者所处的环境及其素质有关。

既然失望已到极点，索性就不去关心。人们发现，如果不念及中国队，世界杯就更让人愉快。在这些年里，巴西、阿根廷、德国、西班牙、意大利、荷兰这些球队，在中国都拥有了大批拥趸，庞大的足球消费市场已经形成。可惜，这个市场不是给中国队准备的。

这个阶段的总结也是两个字："剥离"。人们已经完全习惯了没有中国队的世界杯，中国队的糟糕战绩，不再被拿来痛心疾首，而是被用来调侃与嘲讽。"足球"与"中国足球"，已经成了两个范畴的事情，是两种运动，完全不在一个次元。

2002年以后到现在，中国人的世界杯情结进入第三个阶段。这段时间，互联网迅速发展，人们能获得大量的信息与互动。这段时间，中国队进一步沉沦，与世界杯越行越远。而球迷的性质也发生了翻天覆地的变化，多元了。

很多人不再为看球而看球，他们看帅哥、太太团，看时尚，看风景。女球迷群体增加，她们表现得像听音乐会一样癫狂，市场份额陡增一倍。真正的伪球迷群体也在形成，他们不关心比赛本身，而关心结果，因为他们下了注。而还有一批明星、富人们，平时从来不关心足球，但此时会努力站到世界杯赛场的观众席上，自拍照片，发上网络。是的，抖豪车、名表、皮包都有风险，但抖一张世界杯门票，没人说你炫富，虚荣心还会得到天大的满足。

无数搭调不搭调的人都能从世界杯上分一杯羹。餐饮业的老板们会抬出电视，通宵招揽顾客。电商会大促食品、酒水，狂赚一笔。而那些作家、明星们，爱不爱球都没关系，爱钱就成，写点专栏，当回嘉宾，一个月下来，多少能赚得一笔。

中国人的世界杯情结变成了“商业”二字。这个离世界杯无比遥远的国度，大家却都在为世界杯疯狂着。人人都能消费和被消费，人人都是参与者。真正被冷落的只有一个，那就是中国足球。

当年的激情澎湃到现在已经巨变，中国人也从睁眼看世界，变成了越来越多的参与。当年是不服输，现在是多赚钱多花钱。

球迷们的世界杯情结，能体现出时代变迁。从这个角度来说，人们应该感谢有足球的时代。它能让人神游世界，能伴随很多人的一生，带来四年一个忘我的、忘掉一切烦恼的夏季，尽管在决赛之后，大家又不得不面对残酷的现实。

世界杯回到南美，使人不得不想起 36 年前那场如仙境般的世界杯决赛。从那时起，中国人看了 9 届世界杯，历经 36 年，到现在，总算一个轮回了吧？中国足球，也该到触底反弹的时候了——再无起色，那一定是万劫不复了。

上流足球的衰败

关于 2016 年欧洲杯的无聊与无趣，已经有很多讨论了。有人归结为扩军，比如德国队的教练勒夫。他说，扩军导致赛制改变，积分少的球队也能晋级了，所以，那些弱队都开始摆大巴，赛事就变得无聊了。持这一观点的大概还有 C 罗，他批评冰岛队，完全没有料到是冰岛队给欧洲杯带来的最大的刺激。

《中国体育报》的周继明先生写了篇文章，大意是，足球在经历了多次“革命”后，运动员变得高大了，速度也更快了，跑动距离增加，场上的时间和空间都被压缩了，一个球星一动，周边会迅速出现三五个敌人。也就是说，他没有机会做那些花哨的动作，只能仓促间凭直觉决定下一步。过去的那些传奇英雄和经典比赛，很难再现了。所以足球变得无聊，也需要寻找自己的出路。

其实，大家说的都有道理，但似乎又不是那么到位。勒夫和 C 罗的抱怨好解决，继续扩军到 32 支球队，恢复每个小组只有前两名出线，摆大巴守平局就没什么意义了。周继明先生的“革命”也好办，修改规则，把足球场扩大，或者减少一个场上队员，让时间和空间都扩展，问题也能解决。

但症结还真不在这些地方。我觉得本届欧洲杯之所以那么难看，是因为它太体面了。足球原本是蓝领的运动，属于工人、士兵、街头顽童以及沙漠里贫穷的黑人。现在可好，全都进入青训营，从小进行模式化、批量化的流水线生产，包括教练，也都是同一种思路，大家彼此彼此。所谓差距，就是钱的差距，青训好，成绩就上去了。

天才已经不重要了。即便有天才，很快就被收到欧洲青训，或者进入欧洲联赛，剪剪枝丫，服从整体，OK 了，成为棋子一枚。这棋子大多是精钢的，偶尔有黄金的，就是梅西、C 罗、贝尔之流。说到这里，勒夫也没资格抱怨，当初不就是德国队的精密机械式打法摧毁了很多天才球队吗？你现在来抱怨了，有意思吗？

从整体说，什么东西都是盛极必衰。为了追求最大的利益，足球生产者们进行批量化生产，最终导致的就是千篇一律，就是进球减少，就是为欧洲杯熬夜是件有风险的事情。我有看球的哥们儿跟我说，哎呀算了，周末看看中超得了，虽然水平不高，但打打杀杀的，主要不占很多精力，这欧洲杯，熬夜看三场下来，也没记住什么，不值。

踢球的不愿意冒风险，看球的更不乐意了。你们卖的这是什么货啊？再这样下去，别怪市场大爷不认了。

文体不分家，体育界发生的事情，在文艺圈也特别爱发生，前车之鉴不远。比如民歌，那种原生态的小调、酸曲，特别有生命力也特别迷人。后来，大家都知道，爱听民歌的人少了，就连跳广场舞的大妈们，这两年也把民歌伴奏换成了《小苹果》什么的。为什么呢？因为有规矩了，进了音乐殿堂了，音乐学院里有专门的民族唱法，有专门的教程，人才量化生产，一般人唱不上去了。修枝剪丫、精雕细琢，加上民族唱法被当成了某些官宣工具，不是那种随口就来的刘三姐式的对歌了，听着无趣，那还有什么意思？再比如相声，本身就是撂地摊唱太平歌词出身，要的就是讥讽世事不公，张家长李家短互相踩咕，逗大家一乐，结果后来出现了一种“歌颂式相声”，小骂大帮忙，有大师还想让它进大学课堂，就走向末路了。幸亏后来郭德纲一拨人，江湖气重，恢复了部分相声的本色，这体裁才算缓了过来。

说了半天，说的还是门槛。物以类聚，人以群分，人都是喜欢扎堆儿的，一群趣味相投思路相近的人，扎堆搞个团队，各种追求利益最大化，最后搞成近亲，神似加形似，一个模子里出来，生出来的就是无趣。

足球也走在这条路上，即使现在还不明显，但趋势越发明显。为啥克罗地亚队踢得没劲啊？不是和别的队比，而是和自己以前比，那股快冲快打红眼拼命的劲头没了，想玩传控又玩得不熟。他们教练自己还觉得不错呢，其实就是错了。为啥冰岛队招人待见啊？因为混不吝，不按你们的规矩出牌，这是另类，这才是与众不同。

但是，足球是第一运动，太吸金了，已经形成了完整的产业链条，每一个环节上都有巨大的利益。所以，它现在还必须维护自己的秩序和利益，起义者必须被“镇压”。就算一届杯赛起义成功，成就大黑马，接下来必然被已有的秩序招安，亦步亦趋步入平庸，过去的丹麦队如此，希腊队也是这样。

从青葱向盛年，从盛年向衰败，内在的驱动不可逆转。欧洲足球就在这样一个盛年之中，日趋稳定，稳得如同康乾盛世，不知险之将至。

都说在整个社会结构中，中产阶级是最稳定的。首先他们不穷，所以缺乏革命的动力，希望安定，希望秩序井然。其次他们不富，不会嘚瑟到满世界撞豪车泡主播的地步。他们的生活秘诀就是一个字：守。守住已有的财富，守住那一点点优越感和地位感，守住一个平局，是底线，突破的事情，有自然好，没有也不强求。守住了，你进不了球，我就有希望。

就像 C 罗批评冰岛队一样，其实他们葡萄牙队也这样。

当然，渴望进入主流的人也会站在时尚的、高档的、金碧辉煌的地方，如果有机会的话。在月亮的明面待着，有助于提高自己的地位。就像我家门口的披萨店，墙边摆满了明星、球星签名的披萨纸盒。如果是隔壁老王的签字，他们绝不会摆出来。这就是以色列、土耳其乃至哈萨克斯坦这样的球队，为什么要去欧足联而不去亚足联，亚洲足球再有钱，也是暗面，不是上流。

只不过，许多跻身上流的努力并不成功。那些拼命防守，学习传控以致都迷失自我的东欧球队，基本被摒除在八强以外了。进入中产大家庭也是需要家底的，不是有了几次出国经历，玩过几次滑翔和浮潜，看了几本鸡汤励志书就能脱胎换骨。一个人要彻底放弃自己骨子里的东西，去学别人的优雅，还要学得更好，需要很长时间。

苦就苦了我们这些熬夜看球的球迷们。辛苦半夜想看点带劲的，没想到等来的大多是客客气气、按部就班程式化的比赛。这欧洲杯，下次还能看吗？

其实，熬夜看球的，大部分也是底层，不管你在家还是在酒吧。喝着啤酒嚼着花毛一体撸着肉串，想象自己在看高雅足球。真正的中产阶级不熬这个夜，人家第二天还要衣冠楚楚地去参加股东会，吃饭睡觉打万科才是正经。支撑足球这个庞大产业的，还是底层，尽管足球自己都中产了。

底层要的是什么？是刺激是不困，是荷尔蒙释放，是传奇。

在欧洲杯热闹而又乏味的开踢过程中，百老汇的经典音乐剧《窈窕淑女》也在曾经的耍把式大本营——天桥上演了。这部因为赫本主演的电影而家喻户晓的音乐剧，讲的是两个英国绅士，设法让一个街头卖花女进入上流社会的故事。他们从语言习惯、发音到梳妆打扮，拼命改造这个姑娘，如同科学实验，但最终没有成功。不过姑娘最后还是进入了上流圈子，采取的是最为简单直接的办法——嫁给改造她的那个大叔。

在演出开始之前，广播提醒不要使用照相机和手机拍照。可是整个过程里，我依旧能看到无数亮晶晶的手机屏幕。其实，观众席上齿白唇红的小男女们，并不是要拍摄盗版，他们只不过是想发个朋友圈，炫耀一下自己来看音乐剧了。

就像买了很贵的球票不好好看球，却在球场座位上炫自拍的伪球迷一样。

我们消费者就是这么一群人，我们都玩领英了，可我们就要掏手机，这已经够给面子守规矩了。英格兰球迷还爱抡椅子呢，克罗地亚球迷扔炮仗，俄罗斯球迷直接上攮子。没错，他们都回家了。可我们还是要掏手机。你赚完票房讲规矩了，我们花钱的人还没过瘾呢。

很多事情就是这样，利益驱动模式化生产，盛世的光鲜热闹蕴含着无趣与危机，底层拼命上行扮演上流角色，即便失败也在所不惜，貌似稳定甚至超级稳定，实际却与真实的需求背离。最后的结局，依旧逃离不了衰败。欧洲杯是什么？以为自已很高端，或者正向高端靠拢吗？不是，只是随着盛衰周期起落沉浮的一只虫子，是青萍之末，随波逐流。那个挣钱的机器正不知疲倦地越发精密、越发高效，有条不紊地制造着流水线产品，也制造着一个行业、一个项目的没落之路。

人生不算长，得让人尽兴

一个名叫托尼·斯克芬顿的澳大利亚人，刚刚因为癌症去世了，他只活了 51 岁。

这个人籍籍无名，新闻报道里甚至连他去世的具体时间都没说，职业也未提及。对于他的身份，只有一个表述：他是英格兰足球超级联赛莱斯特城队的球迷。

和曼联、曼城、切尔西、阿森纳这些大牌俱乐部比起来，莱斯特城队只是家小球队，虽然有一百多年的历史，但总是在低级别的联赛里打拼。后来他们升上了英超，不过依旧在为生存而努力。去年这个时候，他们还在苦苦保级。那个时候，也正是托尼·斯克芬顿被查出癌症的时候，医生表示，他只有四周可活了。

去年赛季结束后，托尼说："他们（莱斯特城队）生存了下来，而我也是。"

新赛季开始前，莱斯特城队从低级别联赛和别的国家联赛买来了一批失意球员，这支由散兵游勇组成的球队并不被人看好。博彩公司给他们开出的夺冠赔率是1∶5000，这个赔率等同于“猫王”还活着，或者金•卡戴珊当选美国总统。

知道中国男足夺得世界杯冠军的最新赔率是多少吗？1∶137.25，远远高于莱斯特城队夺冠。

据说，在博彩网站上，一共只有12个人买了莱斯特城获得英超冠军。托尼也买了，他本来只想买2澳元，但他的妻子去投注时按错了按钮，买了20澳元。

而现在，莱斯特城队正以5分的优势领跑英超。后面就剩下四场比赛了，最乐观的情况，莱斯特城队将在5月1日夺冠，最晚的夺冠日期是英超最后一轮5月16日。当然，前提是他们不掉链子被第二名赶超。

托尼说过，他要活到莱斯特城队夺冠的那一天。可惜，咫尺之遥，就差几周的时间，托尼没撑过去。

作为一个年近50岁的球迷，看到托尼的新闻，不由得有些伤感。1981年我开始看球的时候，还是个中学生。那一年，中国足球队重返世界杯大家庭，参加了外围赛，很利落地打败了朝鲜队、科威特队、沙特队，只差一步，就要进军西班牙世界杯了（那个时候日本队和韩国队在亚洲都上不了台面，不是中国队的对手）。可在最后一刻，被新西兰队和沙特队无耻地“做”

掉了。

二十多年以后，黄健翔在解说德国世界杯时，愤怒地攻击了澳大利亚队，就是因为这个“过节”。他把仇恨记在了大洋洲球队的身上。

我记得在总结失败的经验教训时，有足球界的元老说：“世界杯是门小院子大。”

意思就是，亚洲的名额太少了。如果以中国队的水平，到了世界杯上，踢成什么样还不知道呢。当时的球迷们也大多持这个观点，觉得只要能挤过出线这个门，就可能一飞冲天。

中国队的主教练苏永舜则痛心地总结，大意是，还是水平不够啊，要是我们有巴西队的水平，他们怎么“做”我们，我们都不怕。当时还是不了解这个世界，现在被人家“做”了好几十年才明白，即便是巴西队，也有被“做”的可能。关键还是，不要给别人“做”自己的机会。

中国球迷满怀期望地等来了下一个四年。1985 年，要冲击墨西哥世界杯了，5 月 19 日，工人体育场，中国队和中国香港队比赛，踢平就进预选赛决赛，然后输了，酿成“5·19”事件。

那一次，我就在现场，坐在中国队大门的后面，眼睁睁看着人家把球踢进了门里。比赛结束前全场唱《国际歌》，比赛结束后工人体育场死寂一片，几万人就那么站着，不说话，也不肯离场，谁都无法接受这个现实。

我家就住工体边上，总去看球，看到这个情况，我就知道要出事。于是拉着一起去的同学，麻溜回家了。那天晚上，球迷砸了香港队汽车，一批人被送去劳教去了。

在回家路上，听到有球迷抱怨：“等到中国队出线，我儿子都能打酱油了。”这句话还引起了哄笑。

那个球迷的年龄，有二十七八岁吧，现在已经是奔六的年纪了。

中国队的主教练高洪波说，中国足球命苦。其实，命最苦的，还是球迷吧。有时候就会想，人生倏忽而过，从 1981 年到现在，十届世界杯，小四十年就过去了，作为一个中国队的球迷，还不如一个莱斯特城队的球迷，这辈子，怎么过得那么像一个失败者。

在这几十年里，无数高大上或者不那么高大上的人，都挤兑过我，你怎么还看甲 A 啊，你怎么还看中超啊，你怎么还看中国队比赛啊？

没办法，人是要有点恶趣味的。2002 年世界杯的时候，我给《中国足球报》的特刊写过一篇稿子，大意是，虽然看球的时候，总是有很多失败的体验，有郁闷、气愤和难过，但这是逃避现实的好方法。一个人在压力大，或者遇到难以化解的问题的时候，需要有一个躲藏的地方。看一看球，短短九十分钟，可以浑然忘我，悲喜随意，可以忘情呐喊和流泪，可以艳羡他人，也可以傲视人生，可以顾影自怜，也可以自鸣得意。没有什么放松的机会比足球更容易得到、更适合的了。所以，尽管我们的投入大多无回报，我们的球队大多铩羽而归，但我们仍然要感激，生活在有足球的时代。

后来报纸的编辑告诉我，足协的一个领导看这篇文章看哭了。

有人在受虐，有人在感动。当时觉得还能哭就有希望，谁知道，一蹉跎又是十几年过去了。

我想，这么多年，很多球迷都是在这样生活的——他们要预先知道比赛的日程，几月几号开始，几月几号结束，具体到每天、几点，然后据此安排自己的时间，比赛日拒绝各种聚会、加班、约会，看一看电表是否还有电，事先把觉睡好，把闹钟调好——很多时候，调闹钟只是个准备措施，因为根本用不到闹钟，到时候人自然会醒着。

还有很多球迷，会跟随自己的球队南征北战，忍受旅途辛劳，甚至冒着被对方球迷群殴的风险——其中甘苦，只有球迷这个圈子里的人能理解。

足球给人的精神力量是强大的，比如身患癌症的托尼，就硬生生多撑了一年。4 月 17 日，他看了人生中最后一场球，莱斯特城队对西汉姆联队。在莱斯特城队进球的时候，已经不能行走的托尼从椅子上站了起来。

他的妻子说："他的所有能量都用在这最后一场上了，他和儿女们议论裁判的判罚以及比赛，我想这是他最好的告别方式。"

在球队战斗的时候，球迷的去世，往往带有最为悲怆的色彩。

最为著名的，就是去年9月巴西老爷爷克洛维斯的去世。其实他也不老，才60岁，每届世界杯，他都会抱着一个金杯模型出现在看台上。他一辈子，跟着巴西队征战了七届世界杯。2014年，他现场目睹巴西队1∶7被德国队“屠宰”，眼含热泪紧抱金杯的画面让人无比心酸。赛后，他把“金杯”送给了德国球迷。他知道，这也许是他最后一次陪伴世界杯上的巴西队了。

今年3月份，德国多特蒙德队一位球迷在球场心脏病突发去世。事情发生在上半场，到了下半场，整个球场都知道了，主客队的球迷全部陷入了沉默。在比赛行将结束的时候，球场上几万人唱起了《你永远不会独行》，最后，结束了比赛的球员们也加入了合唱。这个时候，足球已经不是足球，更像是生命中悲情的一种释放。

一年前，2015年的4月29日，北京一位17岁的小球迷孙浩然因为骨癌去世了。他是国安队御林军看台的铁杆。2014年，意外发现得了骨癌，之后是截肢、化疗，在化疗结束后，他立刻跟随父母去广州为国安队助威……2015年5月1日，国安队在工体比赛，天降大雨，孙浩然的父母带着他的照片和他生前设计的门旗来到球场，球迷手指苍天，齐声呼唤他的名字，表示自己与孙浩然同在。

不久，又一位国安的球迷雷骏因为心脏病去世。雷骏是乐队的主唱，为国安写过一首歌曲，叫《最后的胜利》。从此，这首歌作为国安球迷的战歌，每次主场都会响彻在工体的上空。

今年 3 月 28 日上午，河南洛阳 76 岁的老球迷王书友因病去世。他的主队是建业队，每次比赛，他都会身穿“洛阳老球迷”的红袍，手持扩音喇叭，去为球队助威。他去世的第二天，中国队在西安战胜了卡塔尔队，死里逃生冲进了世界杯预选赛 12 强，那天晚上的老球迷追悼会上，球迷们说：告诉你一个好消息，我们的国足很争气……

看到这条新闻，突然想起了“家祭无忘告乃翁”。

1981 年去看球的球迷们，现在都变成中老年人了。现在，他们没有等来“门小院子大”，等来的是发改委的足球规划，这个规划告诉大家，中国队在三十余年之后，会成为世界强队。三十多年，很多人都看不到了。但等来规划总比没有等来规划的人更幸运些。参加 1981 年、1985 年两届比赛的那些教练、队员，都有一些故去了，比如曾雪麟、李富胜、赵达裕、许建平……说白了，足球也是个前人栽树后人乘凉的项目，这些人都是铺路石，包括我们这一代正在老去的球迷。

看了这个规划，比起以前拍胸脯的那些方案来，还是有些实操性的，靠谱许多，只要不人亡政息，有很大希望去实现。

现在中国队又进入世界杯亚洲区的决赛圈了，和我同龄的高洪波重新执教了这支队伍。高洪波的夫人是我大学同班同学，拐着点弯，算是足球圈子里认识的人。高洪波最大的特点是比较执着，其实和足球沾边，踢球的，看球的，都需要一点执着。

人生本来就不算长，执着一点，才能尽兴。

莱斯特城队的主教练拉涅利在赢桑德兰队的时候，直抹眼睛，有媒体问他是不是哭了，他解释："我眼泪没掉出来，我只是热泪盈眶。"

为什么会这样？拉涅利说："周围那么多人在庆祝，在球迷大巴上，他们都是一家子一家子来的，这深深地触动了我。在那一刻，你可以意识到，足球的非凡力量。"

这就是彼此都尽兴。球迷托尼差那么一点，老球迷克洛维斯也差那么一点。我只是希望，在大家都活着的时候，把这个兴给尽了——不是夺得世界杯，甚至不是进决赛圈，而是大家都很投入地去对待 9 月份开始的 12 强赛，不一定非赢，但踢得爽一点。

当然，在此之前，作为球迷，我还是要关注下莱斯特城队。我真想看看，这支杂牌军是怎么创造奇迹的。被看好的稀里哗啦，不被看好的柳暗花明，足球不就是总有奇迹的项目吗？

补记：2016 年 5 月，莱斯特城队夺得英超冠军。